亡き子とともに生きる

—自死遺族日記—

仰木奈那子

短歌研究社

目次

亡き子とともに生きる

――自死遺族日記――

はじめに

娘は麻酔科医でしたが、研修五年目に勤務したある大学病院で悪性高熱症の患者さんと二度も出会ったことから研究の道を志すようになりました。

悪性高熱症とは麻酔を契機として起き、死に至ることもある難病です。その原因などもいまだ解明されていませんが、この時は患者さんご自身が悪性高熱症の疑いがあることをご存じだったので、適切な麻酔管理で無事に手術を終えることができました。

数ヵ月後、この方のご家族の緊急手術をすることになりましたが、この時も娘が麻酔を担当し、遺伝性も十分に考慮した対応ができました。一年のうちに二度も難病の患者さんに出会ったことから運命的なものを感じた娘は、悪性高熱症を何としても解明したいという思いを強くしたようです。

六年目は母校の慶應義塾大学病院に戻ってＩＣＵを担当しましたが、六年間の研修を終えると同大学大学院医学研究科博士課程に入学し、悪性高熱症解明のための研究に取り組みました。二〇一四年四月、娘は三十歳でした。

麻酔科は動物実験をしますが、動物が大好きな娘は動物を用いたくありませんでした。悪性高熱症は麻酔によって筋肉に重大な変化を示すところから、患者さんの筋肉を用いて実験するのだそうですが、患者さんにも負担をかけたくない娘はｉＰＳ細胞を用いた実験に取り組むことにしました。

細胞を扱うため生理学教室との共同研究という形をとりましたが、ｉＰＳ細胞を使って悪性高熱症を解明するという研究は世界でも初めてのことでした。

麻酔科と生理学教室との共同研究ということは、一緒に研究する仲間がいないということでもありました。しかも、指導者は他科の先生ですから、娘が期待するような指導はなされなかったようです。

実験のやり方については娘から聞いたことを記します。悪性高熱症の患者さんの血液からｉＰＳ細胞を作り、そのｉＰＳ細胞から筋肉細胞を作る、その作り出した筋肉細胞にさまざまな麻酔薬を投与してその影響などを検討する、というものでした。

細胞を扱いますので毎日研究室（ラボ）に通うことになりました。娘は「培地が三十六時間しか保たないから」と言って神奈川の自宅へ帰ってくるときも土曜日の夕方遅く帰宅し、日曜日の夕方早く信濃町の研究室へ戻って行きました。

大学院生である研究医となっても、麻酔科医として月二回のＩＣＵ当直、毎週金曜日の静岡の病院への派遣、その他の病院からのオンコール（緊急呼び出しのための待機）や当直依頼などがたびたびあり、そのどれも断ることができませんでした。もしかしたら断ることができたのかもしれませんが、娘は責任感も強く人に気を遣う性格でしたから頼まれた仕事は引き受けざるを得ませんでした。そして、それらの仕事を終えた後は必ず研究室に行って実験を続けていましたが、この頃、疲労が原因という帯状疱疹にもかかって痛がっていました。

研究仲間がいれば、派遣や当直の仕事の時は培地の交換などを気軽に頼めたのではないかと思いますが、娘はそれらすべてを自分でやるしかありませんでした。学会出席などの特別な場合は研究室のどなたかに頼んでいたようですけれど。

そんな研究生活を続けながら、一年目には麻酔科専門医の試験にも合格しました。そして二年目に入った五月頃、娘の研究論文が米国麻酔科学会に優秀演題として認められ、二〇一五年十月にサンディエゴの学会で口頭発表することが決まりました。

口頭発表が決まると、娘は実験量を二倍にすると言い、夜中過ぎまで研究室にいるようになりました。私からの電話は二十三時半頃がよいと言っていましたので、ちょうどその頃が一区切りついた時間だったのではないでしょうか。

麻酔科医としての仕事も一年目と同じく多忙な状況なのに実験量を二倍にすることがどんな

に無謀なことだったか、今なら分かります。そんな中「アメリカに報告書を送らないといけないのに、先生に質問しても答がなかなか返ってこないので前へ進めない」と言って嘆いていました。実験を手伝ってくれる仲間もいないままでしたから、困りごとの相談すらできませんでした。それでも娘は医師としての仕事が終わると必ず研究室に行って実験を続けていました。

一日何時間働いていたのでしょうか。八時半から医師として働き、その仕事を終えて研究室に行き、二十四時まで実験を続けたとすると、十六時間弱働いていたことになります。静岡の病院への派遣の時は、移動時間を加えるともっと増えることになります。研究に専念できる日があったとしても朝から夜中まで研究室にいたようですから、勤務時間としてはあまり変わらなかったでしょう。一年目は夜少し早く帰っていたとしてもこの生活が毎日、亡くなるまでの一年半続いていたことになります。明らかな過重労働です。

アメリカでの発表が決まった頃から、娘は心身ともに不調を訴えるようになり、ウツ病と不眠症を発症しました。「研究も医局も辞めたい」という娘に、私はアメリカでの口頭発表を終えてから休むようにしようと提案し、娘もそれを受け入れました。

しかし、この私の判断の誤りが娘を死に追い込むことになりました。娘は二〇一五年九月、静岡の病院での仕事を終え、新宿のマンションに戻ったその夜亡くなりました。アメリカでの学会が始まるひと月前のことでした。娘は実験ノートを六冊残しましたが、確認者のサインはひとつもなされていません。

どれほどの孤独感に苛まれていたことでしょうか。

娘を死なせたという自責の念に苦しんだ私は「娘を亡くしたショックによる重いウツ状態」となり、私の主治医から娘は過労死と同じだと言われました。


二〇二四年四月から「医師の働き方改革」が施行されます。今からではもう間に合わないかもしれませんが、研究医の処遇改善を強く訴えたいと思います。研究医として研究に専念できる環境（医師としての仕事を気兼ねなく断ることができる自由・研究時間の制限）と、気軽に相談できる窓口の設置を希望します。

娘の場合は、その性格から麻酔科医としての派遣や当直依頼を断ることができませんでした。研究医の中には生活のために医師としての仕事をされている方もいらっしゃるでしょうが、仕事をするかしないかは、本人の判断に任せるようにすればよいのではないでしょうか。

娘は大学院生で学費を払っているのですから、学生の身分のみで研究ができれば過重労働もせずに済み、研究時間にも制限があればそれを理由にして夜遅くまで研究しないで済んだと思います。

娘の研究が進むにつれて生理学と麻酔科学の両方の高度な知識が必要となったせいか、適切な指導が受けられなかったことも大きな問題でした。麻酔科と生理学教室との共同研究であることから娘ははじめから孤立していましたし、相談できる相手もいませんでした。細胞を扱うので一日も実験を休めなかったことも過労によるウツ病を発症させる大きな原因になったと思います。それでも娘は懸命に努力し、米国麻酔科学会に認められる研究成果をあげることができました。自死という形にはなりましたが、自分の命を使い果たして亡くなったのだと思っています。

娘は悪性高熱症の患者さんを救いたいがための研究に全力を注ぎました。いろいろな困難や苦しみからも最後まで逃げ出しませんでした。

娘は悪性高熱症の患者さんを救うための花を咲かせたいと願いました。花を咲かせてもよいという許可をいただきましたが、そこには種を育てるための十分な土壌がありませんでしたので、娘はやむなく自分の命を分け与えながら育てることにしました。一年後、その種はつぼみをつけることができましたが、娘の命はもう使い果たされてしまって、咲くことができませんでした。

つぼみは枯れてしまいましたが、いつかまた、この花を咲かせようとする人が現れることを娘は願っていることでしょう。

二〇一五年

八月十六日（日）

日出美が話があるとラボから帰って来た。すぐに聞いてやればよかったのだが、夕食後になってしまった。

「一年半前のことなんだけどね、私の背中には翼があって、その翼で患者さんを守ってきたのに、もぎ取られてしまったの」と涙をぼとぼと落としながら言った。自殺未遂もしたとのこと。未遂になってよかった。知らないうちに死なれてしまったらそれこそ気が狂ってしまう。娘はいつもどおりに笑顔を見せていたので今まで何も気づかずにいた。

自殺未遂しけるを聞きてざわざわと何か動けり背中のあたり

何としても日出美を助けねばならずこのまま闇に置くべきならず

八月二十三日（日）

夜九時頃から十一時まで話す。いろいろ言いすぎて泣かせてしまったので、かわいそうになって「おんぶするからこたつの上に立ってごらん」というと素直に立った。案外おんぶできるものだ。「小さいときはこうやっておんぶしてたのよ」と言いながらリビングを歩くと、娘は「私は生きてる、胸を張って生きてる」と涙声ながらも凛とした口調で言った。

　母と娘と二人きりなる家族なり六十五歳と三十二歳

　おんぶせむと言へば素直におんぶさるる子の性格のうつくしきこと

八月二十五日（火）

日出美が自殺未遂のことを口にしてから私も不安でいる。「あなたが死んだらおかあさんは気が狂うからそんなことしないで」としつこく言うが、元気のない返事だ。「自分で解決できないことでも時間が解決してくれるから、焦らずにいなさい」と言い聞かせたけれど。

不安感に取りつかれたる娘の声のつねより低くくぐもりてをり

八月二十六日（水）

二十一時頃娘に電話。まだラボにいるそうだ。昨日の当直ではあまり休めなかったとか、かわいそうなことばかり続いている。

当直に眠られぬままラボに行き実験続けをる子を案ず

八月二十八日（金）

今日は静岡から帰ると麻酔科の飲み会に行き、その後ラボに行くと言っていた。昨日は先輩の先生とケーキ会だったそうだ。少しは気分が晴れたのではないだろうか。

元気ある娘の声に安心す声を聞かねば落ち着かぬ日々

八月三十一日（月）

日出美は大丈夫、必ず立ち直る。そう信じよう。私がいつまでも心配しているとますます悪くなるばかりだ。

今日は当直。休めるとよいけれど。三日前の当直は忙しくて休めなかったとか。大学院生だというのに、今回も当直が続いている。

光ある方に娘の手を取りて連れて行かむぞ光ある方へ

九月三日（木）

人間関係で悩んでいるのが気になって電話すると泣き出した。どうしても「我慢しなさい」と言ってしまう。午前一時頃再々度電話。まだ泣いていた。疲れたとも言う。電話している間中泣いている。

私も対応が分からない。気持ちを寄り添わせるようにした方がよいのか、黙って聞いていればよいのか。日出美はウツ病になっているのかもしれない。ウツ病ならそんなことでと思うような理由でも死んでしまうかもしれない。電話するのがいけないのか、した方がよいのかさえ判断できない。

雷雨止みて十日ぶりなる青空にうろこ雲あり秋になりたり

九月五日（土）

十一月からは研究をやめたいとのことだ。「このままでは苦しくて壊れそうだから」と言っている。「壊れそうだ」の言葉が辛いが、どう慰めればよいのか分からない。

体調も心理状態も悪しき子は顔に吹出物あまた出てをり

九月六日（日）

ウツ病の本を買ってきた。

娘は自分で診断したとおり重度のウツ病だろう。それなのによく頑張っている。本には「ウツ病は珍しい病気ではない。七人に一人がかかる」と書いてあった。自殺のことも気軽に考えてはいけないとのこと。十分注意せねばならぬ。共感・尊敬・信頼をもって接することが大事とのことだ。私は反対のことばかりしている。それでも昨日の電話で「いろいろありがとう」と言っていた。健気な子だ。娘は必死で頑張っている。

己の心のやまひ分析してをる子よ今に快復せむ

九月七日（月）

日出美は研究を止めるなら医局も辞めると言っている。そうでなければ居辛いのだろう。その気持ちは分かる。医局を辞めてもいくらでも働く場所はあるだろう。娘は「明るく笑って暮らせるのがよい」と言っている。たしかにそうだ。娘が大学院を中退し医局を離れることを覚悟しておかねばならぬし、それを肯う努力をしなければならぬ。娘がそれを選ぶなら仕方がないし、楽に生きることが一番だ。

娘を信じていればよい。大学院を辞めたからといってあの子が努力を怠ることはあるまい。娘の力を信じよう。これで決心がついた。ほんとうはすべてを投げ出して「もうラボには行かない、仕事もしない」と言いたいところだろうが、そんなことは一言も言わない。歯をくいしばって頑張っている。そう思うと健気ではないか。十一月からはゆっくりさせてやろう。自分でじっくり考えればよい。私ももういろいろ考えないようにしよう。娘の意思を尊重し、気持ちに寄り添いながら、私は今までどおりの生き方をすればよい。娘を信じること、ただそれだけだ。いつもは正しい判断力を持っている子なのだから。

今日は当直。明日は論文発表のための予習会か何かがあるとかで、準備で眠れないだろうと言っていた。どうしてこんなに当直ばかりさせられるのだろう。娘は研究医なのに、大学院生として学費も払っているのに。

細胞に飼はれゐるごとく一日も休みなく研究室に通へり

九月十日（木）

生理学教授の秘書さんに面会時間の設定を頼んだそうだ。

教授からは「指導者は他に居ないので論文をこぢんまりとまとめたらどうですか」と言われたとのこと。八月十一日に麻酔科教授と面会し、指導者の件を伝えてくださるように頼んで了承してもらったのに、生理学教授は何も聞いていないとおっしゃったそうだ。忙しそうにしていらしたのでそれ以上話すこともできず、現在の窮状を伝えることはできなかったと落胆していた。

心療内科からもらった薬のせいで眠たくてどうしようもないと言っている。「実験もしなくてはいけないし、論文も読まなくてはいけないのに眠気で読めないし、実験も失敗する」と言うので、睡眠薬だけのむように言った。「神戸の口演はやめとこうと思う」と言うので「そうしなさい」と返した。それでよかろう。今はあまり無理をさせない方がよい。

当直や派遣の仕事後もラボに行く無休の日々が一年半続きをり

九月十四日（月）

「十二日はＩＣＵの当直で一睡もできなかったが、十三日も寝ないまま友人の結婚式と二次会に出席してその後ラボに行った」と、疲れ果てたような声で電話してきた。ラボには夜中までいたのだろうから、いったい何時間眠れないままだったのだろう。今日も朝からラボにいるようだし、明日は研究室の勉強会で発表しなければならないので、徹夜で勉強すると言っている。そんな無茶をして身体を壊さないとよいが。

今日は徹夜に明日の発表の準備すと言へる娘の過酷なる日々

九月十七日（木）

娘は毎晩遅くまで実験を頑張っている。ウツ病を抱えながらほんとうに頑張っている。朝起きれないからと睡眠薬ものんでいないとのこと。シルバーウィークの間、家から通おうかなと言っている。そうすれば私も安心できる。明日は静岡だ。

昨日の電話では、指導者に病気のことを話すと「今すぐ実験を止めた方がよい、論文を仕上げるのも大変なので休んだ方がよい、これからは一週間に一度ミーティングをする」と言われたそうだ。娘は「いつまで続くか」と言っていたが、今はサンディエゴでの口演のことだけを考えて頑張るしかない。

火曜日の論文発表会ではボロボロだったそうだ。もっとちゃんと調べた方がよいなどと何人もの人から言われたとのこと。言われても仕方がない。娘が研究していることとはまったく分野が違う生理学がテーマなのだから。「自分の研究に関係のあることでの発表はできないの」と問うと「それはできない」と言っていた。娘は麻酔科の医師であり大学院生、しかも独りぼっち、相手方は生理学の研究員の方々だから分かり合うわけもなく、この研究室に置かせてもらっているという立場では肩身も狭かっただろう。直前まで勉強できなかったのは仕方がない。医師としての仕事もあるし、実験に追われていたこともある。それでも娘は徹夜で発表の準備をしたのだ。報われない日々の空しさに泣いていたかもしれない。

迫り来る学会口演のための実験うつ病押して励みをる子よ

九月二十日（日）

昨日娘のマンションへ行き、洗濯一回と洗濯機の掃除をした。近くの中華料理店で夕食を済ませて一緒に帰宅。

世間はシルバーウィークで連休となるが、娘には一日の休みもなく、今朝もラボへ行く。私は午前中から買物に行き、二時半頃から調理開始。筑前煮・ゴボウのきんぴら・甘とうがらしのきんぴら・味噌汁・松茸ごはん・メカジキの照り焼きを作ったが、よく食べてくれた。

一日も休まず実験続けをる娘の必死さあやぶみてをり

九月二十二日（火）

九月十九日に娘と一緒に帰って来てから早起きが続いている。娘はラボから帰宅後はテレビを見ながら少し笑っているようだし、抜け毛の量も減っているので安心していたが、昨晩は睡眠薬をのまないと言って二階に上がって行った。私が床に入ると泣いている気配がした。時々洟をすするような音が聞こえたので話しかけようかと迷ったが、また傷つけるようなことを言ってはかえってかわいそうだと思ってそのままにした。しばらくしてトイレに行ったようだが、それからは眠れたのだろうか。

「おかあさんはほんたうの私ではなく理想の子を愛してる」と言へり

我に隠れて泣きしやまぶた腫れし子に問ふ言葉さへ見つからずをり

九月二十三日（水）

起きて来ないので起こしに行くと、やつれきって苦しそうな表情をしている。一睡もしていないのだろう。体も痩せて薄くなっているのに初めて気づいた。

何と声をかければよいのか分からず黙っていると、娘は「体調が悪いので今日はラボには行かない」と言った。十一時頃起きてきてごはんを食べ、夕方までずっと座椅子を倒して寝ていた。くたびれ果てているのだろう。今夕マンションに戻ると思っていたが明日帰ると言った。その方がよい。食欲はあるがおなかをこわしたようだ。

研究はやめてもよしと子に言ひぬ「独りぼつちが辛い」と聞きて
グレープフルーツおいしさうに食ぶる子を見つつ何やらほつとしてをり

九月二十四日（木）

娘が二十一時前に電話してきた。十九時に心療内科の予約を変更したので受診後そのまま帰って来たそうだ。目覚ましで起きられないという話をしたら効き目の短い薬を処方してくれたが、薬局が閉まっていてもらえなかったとのこと。

明日は静岡で薬局には行けないだろうから、一日でも早く薬をのませたくて薬局はどこでもよいと言おうと電話したが、娘は鼻声だった。泣いていたのかと問うとそうだと言う。そして「独りぼっち、逃げ出したい、もう嫌だ」と泣き叫んだ。こんなに感情をあらわにするのは初めてで私も驚き「そんなこと言ってどうするの。先生たちの顔を潰してどうするの。そんな責任おかあさん負えないから、あんた一人で負いなさい」と怒鳴ってしまった。日出美は独りぼっちに我慢できないそうだ。お手洗いに行って戻ると電話は切れていた。二度電話したが出ない。

午前一時過ぎ、メールが来た。「すみませんでした」とだけ書いてあったので、「おかあさんも言い過ぎました」と返した。「ごめんなさい」と入れたかったのだがそのままにした。明日（今夜）電話で謝ればよい。今朝は静岡行きで五時起きだろうに、今までずっと泣いていたのだろうか。

いたはりの言葉にならぬ説教に電話のむかうの洟すする音

九月二十五日（金）

どうすればよいのか分からない。ウツ病の人間を追い詰めてしまいそうな気がするが、いろいろ考えると情けなくなる。娘を励まそうと思っていろいろ言っているが、それが逆効果になっているようだし、私も空しくて腹が立ってくる。だからもう電話をするのは止めよう。娘の言うことを黙って聞いてやれるだけの心の広さもない。私も試されているのだろう。

二十一時四十五分頃電話したが出ない。電車の中だろうか、それとも実験中で手が離せないのか。

幾度の電話にも出ぬ子のピッチにも出でざれば　もしや死にてしまひしや

九月二十七日（日）

日出美が九月二十五日夜、二十二時（推定）に亡くなった。二十一時四十五分に電話して出なかったので、その直前に亡くなったのだろうか。

二十五日、何度か留守電を入れておいたが応答がない。とにかくマンションへ行く。二十三時十四分の電車、ピッチにも出ないので死んだのではないかと思って体の震えがとまらない。二十四時三十分頃マンションに到着。鍵を開けるとさらに内鍵がかけてあって開かない。べルを押しても声をかけても応答がない。警察に電話。動顚していたのか前の住所を教えてしまい、到着までに一時間ほどかかったのではなかろうか。警察ではドアが開けられず、消防隊が来て開けてくれた。私を中に入れないようにするが、何とか入らせてもらうと娘は亡くなっていた。体が震えるばかりだ。すぐに下のロビーで待てと言われた。どれくらい待ったか分からないが、呼ばれて部屋に入ると娘はベッドに寝かされていた。触れさせてもらう。左手の指が何かを摑もうとしているようだったので開かせようとすると「そのままに」と止められた。指が青白く冷たかった。部屋に入れたのが二時半くらいだったか。

それから新宿警察署へ行く。廊下で待っていると相談室に案内されてそこで待機。

二十四日の夜、私が二度目の電話でひどく怒ったことが娘を追い込んだのだろう。私が思っていた以上に娘の苦しみは深刻でどうにもならないものだったのだろう。笑顔も元気もなかったことを思い出す。私が殺したのだ。二度目の電話さえしなければ死ななかったはずだ。ただ娘の話を聞いて相槌を打っていればこんなことにはならなかった。それができなかった。夜中一時頃メールしてきたとき電話すればよかった。電話で十分謝れば娘を死なせなかったかもしれない。「逃げ出したい」と言ったのは心からの訴えだったのだ。今までサンディエゴに行くと言っていたが(いや、私が行くよねと念を押すとウンと頷いた)本心では行きたくなかったのだろう。「行かなくていいよ、休もう」と言ってやればよかった。私はそう言わず「責任をあんた一人で負いなさい」と言った。この言葉が娘を死へ向かわせた。責任感の強い子だから「サンディエゴに行かないためには死ぬしかない」と思ったのだろう。

どうやって生きていけばよいのだろう。ほんとうに独りぼっちだ。遺書に「おかあさんが大好きです。おかあさんの娘で幸せでした。本当はそれは結婚式で言いたかったけれど」と書いてあった。今はショックで涙も出ない。心臓がはやく動き息が苦しくなる。

今までと同じようにしているのがよいのだろう。テレビの正面の席は日出美、私は横、本も服も捨てない。「これで天国へ行ってラクになる」と書いてあったのでそう信じよう。監察医によると少しも苦しまずに亡くなったそうだ。その言葉を信じよう。

日出美に今でも私の自慢の娘と言いたい。三十二歳と三ヵ月で命は途絶えたけれど、大事な娘だった。全力で娘を守るつもりでいた。それなのに傷つけるようなことも平気で言っていた。愛するゆえに厳しい言葉を吐く、期待する。私は愚か者で思ったことをすぐ口に出す。それがどんなに娘を傷つけたか。今どんなに悔やんでも帰ってこない。だが、これからはいつも一緒だ。お骨はそのまま遺影の横に置いて一緒に暮らす。死んだら一緒にお墓に入ろう。娘は十月三日までここにいてくれる。穏やかでやさしい顔だ。

九月に日出美を身ごもり、九月に亡くなった。娘はもう一度私の中に還ったのだろうか。私の理想の人生を代わりに歩いてくれたのだろうか。そんな気がした。短い人生を懸命に生きたが、娘が娘らしくいられなかったこの一年半はほんとうに辛かっただろう。痩せて肌も荒れ、シャンプー後の髪は多く抜けていた。

最期の日、毎週金曜日に通った静岡の病院で働いた。おそらく寝ないまま行ったのだろうが、予定通り幾つかの手術を担当して幾人かの患者さんの命を救い、自分はその夜この世を去った。娘らしい責任の取り方をしたが、命の灯を燃やし尽くしての死だったのだろう。

八月頃だったか、「明日天国に召されると思うとようやく眠りにつける」と言ったことがあるので、そう思って少しは寝たのかもしれない。死を予感させるこんな言葉も私は真剣に受け止めていなかった。

今朝、日出美のスマホが五時十五分に鳴った。最後の金曜日もこうして起きたのだろう。遺影は大学卒業の謝恩会の写真を使うことにした。お気に入りの振り袖を着て輝くような表情をしている。

私の仕事はどうするか、辞めるより責任を貫いた方が喜んでくれるだろう。日出美だってけじめをつけたのだから、私もけじめをつけねばならぬ。過剰に期待した分、私も頑張らなくてはならぬ。

日出美の髪を切っておこう。黒くてさらりとした長い髪、出棺の日には私の髪も切って柩の中に入れよう。せめて髪の毛だけでも一緒に天国へ行きたい。髪の毛だったら私でも天国へ行けるだろう。

午後、ご住職から電話があって、お経を上げに行きたいし、娘がどういう人だったかを聞いて法名を考えたいとのことだったので来ていただいた。ありがたいことだ。日出美のことをありのままに話しながら、親思いのやさしい子だったことを再認識した。

買物に行って、娘と同じ背格好の人を見ると涙が出そうになった。これからずっとこういう思いをするのだろう。

葬儀社の方がドライアイスを入れに来てくださったので、死体検案書と印鑑を渡した。

私は娘を守らなかった。大事な大事な娘だったのに何という親だ。日出美の法名は「智優」にしていただいた。


一睡もせぬまま静岡の病院にこの世の最後の仕事せし子よ

己(おの)が仕事のけぢめをつけむと行きしならむけぢめをつけて自死したりけり

我が言葉に死を決意せし娘かと悔やみて息のできぬほど泣けり

一人娘（ひとりご）はこの世ゆ去りて生くる甲斐すべて失くしし六十五歳

九月二十八日（月）

今日葬儀社の方が遺影を届けてくださった。やさしい笑顔だ。この笑顔で私を一生慰めてくれるのだろう。謝恩会の時の記念写真なので晴れやかで希望に満ちている。なぜこんな子が自殺せねばならぬのか。

生理学教授に電話。今後研究を引き継ぐ人が出てきたら、論文に日出美の名を記してくださるそうだ。麻酔科教授にも電話。日出美のことを「何より気立てのよい人だった。皆が疲れていると先生がその場を和ませてくれ、そこで皆も気分一新して仕事ができた。そういうキーパーソンだった」とおっしゃった。悲しいけれど、こうして褒めていただけるのは嬉しい。

朝昼と少しだがごはんを食べた。娘のためにも元気になって長生きしなくてはならぬ。傍にいてくれるから頑張ろう。「おかあさんは私には厳しかったけれど自分には甘いわね」と言われないようにしよう。

研修医だったときお世話になったS先生がお焼香に来てくださった。「意地っ張り・熱心・いい加減にできない人・頑張り屋」などと褒めてくださった。私のことは「母は厳しかったが、それで今の私が在る」と言っていたそうだ。「いい加減な人ならこんなことにはならなかった。研究を止めてしまえばよかったのに」とおっしゃった。

「いい加減な人ならば死なずに済んだ」とや　子はこの言葉いかに聞くらむ

九月二十九日（火）

親子歌集を何としても完成させて手作りの本にし、柩に入れると決めた。頑張ろう。私がしてやれることはそれだけだ。姿は見えなくても日出美はいつも傍にいて私を見てくれている。

職場の副校長先生に電話。娘と二人きりの家族だったこと、自殺だったことを話した。十月六日、八日も休んでよいと言われ、ありがたく思う。こらえきれずに泣いてしまった。

二十四日の電話にいたく叱りつけしを悔ゆれどもどらぬ命なりけり

九月三十日（水）

サンディエゴに行かなくてよいと言えばよかった。「行きたくないの？」とやさしく問えばよかった。たぶん「うん」と応えただろう。

十四時半頃、麻酔科教授がお焼香にいらして話されたことを記す。

シルバーウィーク中、麻酔科の研究室に行き、いつもなら動物実験を嫌がって入りもしない部屋に入って、そこにいた講師に「私もここでやろうかな」とポツリと言ったそうだ。彼は日出美が米国の学会に行くことを知っていたから「こんなに順風満帆すぎる人がどうしてそんなことを言うのだろう」と思いながらも、理由を聞かずじまいにしたことを悔やんでいるそうだ。この教授も七月に少しきつい叱り方をしたそうで、それに自責の念があるとのこと。どういう叱り方をしたのか聞けばよかった。

生理学教授からは「自分の研究室にいる多くの若手研究員の中で、針馬さんが一番図抜けていたと是非伝えてくれ」と頼まれたそうだ。

さらに教授は、日出美がＩＣＵの研修医だった頃の話もしてくださった。死者が四回出て、そのうち二回の当直が日出美だったが、看護師さんたちが「当直が針馬先生でよかった」と言ったのを聞いたそうだ。「十年選手なら別だが、針馬さんはまだ研修中なのに、それは人から教えられてできるものではない。天性だ」と言ってくださった。日出美が褒めてもらえるのは嬉しい。

元夫が来たので髪を切ってもらった。半分は手元に置き、半分は柩に入れて日出美の供をする。

「どうしたいの?」と問へば本音を言ひしならむ問はざりしこと悔やまるるなり

十月一日（木）

一度眠って目覚めるともう眠れない。ごはんも食べられない。牛乳とお茶は飲んでいる。昨年の今頃は幸せいっぱいだった。日出美は麻酔科専門医試験に合格し、二人で祝杯をあげた十月だった。

最後の電話が怒りの言葉だったことが申し訳なくて苦しい。娘の命を取り返したい。時間を巻き戻して二十四日の電話を消去したい。

明後日の火葬のとき、あまりの悲しさで気が変になってしまいそうな気がするが、ちゃんとしていなければならぬ。ごはんを食べさせてあげたい。おしゃべりがしたい。一緒に買物に行きたい。

二十一時二十五分、『歌集　日出美』と『針馬日出美全歌集』をパソコンに打ち終えた。明日は印刷と製本だ。予定どおりにできてよかった。

　日出美といふ人間の形ここに在りたましひ再びこの子に戻れ

十月二日（金）

昨日は午後から大嵐となった。一週間前の夜、日出美が決行した。毎日泣いてすっかり弱くなっている日出美は、背中に触れられるだけでも倒れてしまう状態だったのだろう。シルバーウィークで傍にいるのに何の手当もしなかった。

明日、私はどうなるのだろう。

　子に添ひ寝せむと柩の横に寝て　明日はこの子の姿が消ゆる

十月三日（土）

今日は日出美が亡くなってからはじめて四時間くらい眠れたようだ。お葬式で疲れるからと寝させてくれたのだろう。人が来る前にと思って、日出美ちゃんの手と足、顔に触れ、写真も撮った。手は小さくてきれいな指だ。脚も白くてすべすべしている。足の指の爪がまた少し伸びていたので切る。

ご住職が早めに来てくださり、元夫とその母と弟、私とでお経を読み、初七日の法要をしてくださった。お話で「名前を呼べばすぐ傍にいてくれる」と聞いたのでいつも名を呼んで話をしよう。

炉に入ったのが十一時五十分頃だろうか。十二時五十分頃お骨になった。日出美の魂は私の親たちのところへ行っただろう。母が優しく迎えてくれただろう。これから娘は自在になるのだ。

とにかく今日は取り乱さずに済んでよかった。昨夜の長い手紙（二十三枚）と手作り歌集・私の髪が一緒に付いて行くことでずいぶん救われた。

猫のくろが柩が置いてあったところのたたみのにおいをかぎ、悲しげに三回鳴いた。娘がいなくなったことを分かっているのだろうか。

今日は娘がお骨になる日朝日差せば玄関掃除にとりかかりたり

感謝と詫びの言葉をかけながら娘の手足に触れてゆくなり

娘の小さくきれいなる手指つめたくなれるをてのひらに包む

足の指の爪のびたれば今日も少し切りてこの世の形見となしぬ

顔さはり手足さはりて記憶せむ娘のこの世にありし姿を

幾たびか子と読み上げし白骨章聞きつつかなしき娘の若さ

炉より出されし娘の白骨目の前に運ばれ来るまで凝視してをり

元夫と我とに娘の骨拾ふかつては家族にありける人と

火葬終へて皆帰りたる四畳半に娘の骨壺抱きしめてをり

骨壺を抱きてほのかにあたたかし子の体温ならばいかによからむ

十月四日（日）

昨日ほど暑くない。今日は一時三十八分頃目が覚めてそれから眠れなかった。二時間くらいは眠れただろうか。今、風が出てきた。酔芙蓉がいくつも咲いている。

お世話になっているA氏に電話。今までどおりの私でいないと娘がかわいそうだとのこと。「日出美は今までに何百人もの命を救ってきたはずだ。そんな医者にしたのはあなただ。あなたが教育したから医者になり、人の命を救えたのだ。日出美の歌を読んで思ったが、おかあさんのために期待に応えようと必死で頑張っている」とおっしゃった。

くろが娘の死を分かっているような感じがする。何だか元気がない。日出美の話をするといちいち鳴いて返事をする。帰って来たときは抱っこされて外や二階へ連れて行ってもらったから悲しんでいるのだろう。

今朝、日出美のお茶碗にごはんをよそい、お茶もあげ、お箸の用意もして一緒に食べると食べられた。今後はそうしよう。私には親としてのやさしさが足りなかった。

子とともに食ぶると思へばのどを通る半膳のごはんたくわん数切れ

二時間ほどしか眠られぬ日の続き黒目のまはりが濁りをるなり

子を亡くしし親の後悔引き潮のやうに足下すくはむとする

十月六日（火）

昼間、泣きながら娘の写真を見ていると、私の母に見えたときがあった。このやさしい微笑みは母と同じだ。ほんとうにやさしい人間でないとできない微笑みだ。日出美は親にさえも弱みを見せなかった。それが辛い。最後の夜、そうしたのに、私は大声で怒鳴りつけた。日出美は洟をすすりながら何も話さなかった。

昨年の四月より一日も休みなく研究と仕事に励みゐし子よ

麻酔科医の勤務を終へてラボに行き真夜中過ぎまでの実験の日々

母らしくゆるりと心ほぐしやることもなく娘をうしなひにけり

十月八日（木）

仕事の後、娘のマンションへ向かう。

帰り際、床やドアを拭きあげ、リビングのドアに背中をつけて「日出美ちゃんの魂が残っているのなら私にもどりなさい」と両手を広げて言った。もしここに少しでも残っているのならかわいそうだからそうした。何だかほっとした。これで日出美をすべて連れ帰れた気がする。持ち帰れない家具や洋服たちにも「今までありがとう」と礼を言ってきた。元夫が片付けと業者との立会いをしてくれるそうだから、私はもう行くこともないだろう。

今日新宿で日出美の魂を全身で受け取ってきたから、私は生きられると思った。日出美は私の胎内に戻って一体化したような気がする。小さい頃甘やかさなかった分、これからいっぱい甘えさせよう。お骨を毎朝毎晩抱いてあげよう。いっぱいあやまっていっぱいお礼を言おう。

子の部屋に行きて残れる魂を両手広げて受け取りにけり

夜明け前の空見上ぐればオリオン座輝きてをり　また冬が来る

十月九日（金）

近頃はお骨を毎朝毎晩抱いて話しかけている。

買物に行ってサラダを売る店を見たとき、日出美とどれにするか選んだことを思い出した。そんな幸せな時間があったのだ。当時は幸せとも何とも思わなかった当たり前のことが、今の私にはもう無い。

日出美はいつも助けてくれた。勉強も仕事も頑張って喜ばせてくれた。パリ・ラスベガス・エジプト・サンフランシスコへの旅行やレストランでのぜいたくな食事・ブルーノートでのジャズ鑑賞など、素晴らしい体験をさせてくれたが、日出美も楽しそうにしていた。

研究についても、娘が思うような指導者がいたらまた違っただろう。熱心な性格なので、質問に答えてくれる人がいたらとことん頑張ったと思う。「一人でやることは何でもないけど、仲間がいないと寂しい」と言っていた。それがなぜこんなことになったのか。研究に取り組もうとしたときから急に歯車が狂いだしたとしか言いようがない。

九月二十五日朝、洗濯機の調子が悪かったので「日出美に何か悪い事が起こるんじゃないか」と思ったが、この予感を軽く見ていた。おそらく亡き母たちが「日出美ちゃんに気をつけてあげなさい」と信号を送っていたのだろう。この十日ほど前のお墓参りの帰り、太陽が低く輝いていたが、それを背にして金色の光に包まれた父母や弟たちの姿が見えた。こんなことは初めてだったが、日出美の異変に注意するように言いに来てくれたのかもしれない。日出美のことを心底心配していれば、些細な異変にも敏感に気づき注意しただろうに、私はそうしなかった。

昨日、日出美のマンションに行ったが、ゴミ箱にティッシュがいっぱい捨ててあるのに気づいた。これはあの日の電話のときの分だ。かわいそうにこんなに泣いたのかと思って捨てずに持ち帰った。このティッシュには日出美の涙と洟がしみている、捨てられない。今日はそれを日に干した。私が死ぬまで保管して詫びつづけよう。（二〇二一年九月末、クローゼットに入っていたこのティッシュを捨ててしまった。今この日記を読んで大切なものだったことを思い出し、七年の歳月が私の記憶を消していたことを悲しんでいる。）

命かくるほどの研究にあらざるを止めさせざりしも悔い深くあり

なにゆゑに我が子が死なねばならぬのか過労死と同じと聞かされにつつ

かの一瞬死なすか生かすかの魔のくじに死なすを引かせし何者かあり

十月十一日（日）

医師になって八年、その間にいったい何人の患者さんを救っただろう。人の命を救ってきた日出美が自らの命を絶つなんてこんな悲しいことはない。

あの元気のない様子を一番身近で見ていながら「研究を休みなさい、サンディエゴには行かなくていいよ」と言えなかったのか、「あなたはどうしたいの？」となぜ問わなかったのか。そう問えば本音を言っただろう。「研究を止めたい、サンディエゴには行きたくない」と。心の中ではそう思っていても、私の期待に応えようと命ぎりぎり頑張っていたのだろう。やせてしまい、肌も荒れてかわいそうだった。そんな日出美を見ているのに「研究を止めなさい」と言わなかった。十一月から休むのでそれまでの辛抱だとのんきに思っていた。

人間も魔物だ。魔物は必ずどこかに潜んでいる。人間の油断を必ず探しだし、死の世界へ連れて行く。遺された者には取り返しのつかない後悔をさせて苦しませる。父母たちが出してくれたサインに気づきながらもきちんと受け止めず、何もかもが悪い方向に向かった。いくら後悔しても日出美は帰ってこない。ならばどうするか、まだ答えが見つからないが、生きてこの家を守らねばならぬのは分かっている。

遺書を読んでから少し落ち着いた。「悲しまないで」と書いてある。私を許している言葉だ。日出美の魂と共に暮らしていこう。いつも一緒にごはんを食べ、お骨を抱き、話しかけながら生きていこう。天国では私の母の許で心穏やかに暮らしているだろう。

私は幸せすぎた。これからは何をするにも寂しくなる。お誕生日も祝ってあげられない。いや、祝おう。クリスマスもお正月も祝おう。

我が理想の型に押し込め育て来し娘ならむよがんじがらめに

世界的研究者になるチャンスとぞ子を励まししも鬼のしわざか

優秀賞ノミネートなどに喜びて娘死なせし魔物となれり

十月十二日（月）

私には信頼できる人がいない。話し相手がいない。亡くなったとき、左手の指を何かをつかむように曲げていた。小さくて細い指だった。開かせようとすると警察官から止められた。「そのままに」と。何をつかもうとしたのだろう、日出美ちゃん。ああ、空が青い。こんなに空は青いのに日出美がいない。

我が鼓動に動く骨壺抱きしめて一日一日生き延びてをり

十月十三日（火）

日出美の研究を引き継ぐ人が現れたら、論文に名を挙げると生理学教授はおっしゃった。娘の研究が注目される日が来るかもしれない。それを楽しみに生きるのもよいだろう。私が死んだら娘の居場所がなくなる。そう思えば生きられる。

「ずつとずつとおかあさんのそばにゐます」とふ言葉信じて残りの世生きむ

十月十五日（木）

今朝三時に目が覚めた。オリオン座を見上げると流れ星がひとつ流れた。日出美かなと思った。生きて研究を続けていれば、患者さんにとっても医師にとっても有益な結果をもたらしただろうに、残念でならない。

これから耐えねばならぬことがたくさんある。クリスマスもお正月も誕生日も、こどもの日も母の日も。楽しかった分、寂しさ悲しさが身にしみるだろう。

流れ星となりて会ひに来てくれしや神無月なかば神もいまさず

毎日泣きをるといふにその苦悩を聞きやることもなく過ぐししよ

十月十七日（土）

日出美の友人から手紙が届いた。お別れ会を開いてもらえないかとのことだ。そう言っていただけるのは娘が皆さんから愛されていたからだろう。ありがたいことだ。結婚式を挙げることはできなかったので、明るく華やかなお別れ会を開いてあげたい。

ながながと朝日差し入るリビングに写真の日出美がほほゑみてをり

十月二十日（火）

今日も日出美を思って苦しい。自分がしたこと、できなかったことの両方を思ってどうしようもないことに苦しんでいる。

夕食後、日出美の写真に泣きながら謝っていると「研究者としての評価が下がるから死んではいけない」と教えてくれた。日出美がｉＰＳ細胞を用いて悪性高熱症を解明しようとした世界初の研究者であることは、少なくとも大学の麻酔学教室には記録されただろう。いつの日か日出美の研究の跡を継ぐ人が必ず現れる。その時、母親まで自死したとなると、研究者としての名に傷がつくと思った。世間は好き勝手なことを言うだろう。それをせき止めるのが私の役目だ。生きているときに守ってやらなかった私は、せめてその死後を守ろう。

今晩はこのように気丈なことを書いていても、また明日になったら心乱れてしまう私だ。そんな時は日出美の写真を抱いて語りかけよう。また何か教えてくれるだろう。

「iPS細胞たちがかはいい」と笑顔に言ひし十カ月前

十月二十二日（木）

日出美がこの世に存在しない現実を受け止められない。除籍謄本を見て気がおかしくなりそうだった。この家は六十年保つと言われても、いったい誰が六十年住むというのだ。

生理学教室の人たちがくださった手紙を読むと、日出美がどんなにやさしい人間であったかが分かる。娘に結婚して欲しかった。孫の世話をしてみたかった。日出美はやさしいおかあさんになっただろう。もうそれもみんな叶わないことだ。

麻酔科の人たちは明日サンディエゴに向けて出発する。日出美も魂となって行くとよい。

子の逝きて何もかもむなしきこれの世に今日も朝日の差し入りて来ぬ

十月二十三日（金）

日出美はあまりに思いつめて感情がどうにもならないところまで行っていたのだろう。人には決して弱みを見せずいつもにこやかにしていたから、そのギャップも耐え難いものだったろう。八月中旬頃、限界となっていたはずだからそれから四十日、よく我慢した。十一月まではもう無理だったのだ。

今日は久しぶりにサンドイッチセットを買ってきた。これを日出美に食べさせようと思うとしぜんに微笑まれた。もっと元気になれば好きだったおかずを作ってあげよう。日出美が帰ってくるからと勇んで買物に行き、野菜や果物を買い込んだ日々の何とありがたく幸せだったことか。

日出美もほんとうは生きたかったのだ。そう思って私が日出美を生きさせてあげよう。それが私の務めだ。日出美とは死に別れてなどいない。私の傍にいる。今度は私が日出美を甘やかそう。どうすれば甘やかすことができるだろう。今日は日出美のためにサンドイッチを買えたことが嬉しかった。半分だけおいしくいただいた。

サンドイッチ買ひ来たりけり子と在りし日々のちひさき幸よみがへれ

十月二十四日（土）

日出美にあのひどい電話をしてから一ヵ月が経った。「おかあさんが日出美ちゃんを守るから学会なんか行かなくていい、教授には話をつけてあげるから」と言ってやればよかった。八月にすべてを告白したとき、すでに限界だったのだと強く思うようになった。あの時、日出美は死ぬか生きるか必死で私にすがったのだ。八月のその時点で、研究を休みなさいと言えればよかった。

生きていれば何年かかったか分からないが、悪性高熱症の患者さんを救えることになっただろう。もっと長い目で研究を捉えていればよかった。一ヵ月でも休めば気の持ちようも変わったかもしれない。日出美は高額な研究費を使っていることも気にしていた。米国麻酔科学会にその研究要旨が認められたことはこの上ない幸せだったが、そのことが結局日出美の命を奪う一因になったことも否めないだろう。

どんなに非難されても私と一緒に耐えようと言えばよかった。医局を辞めてもよかった。八月、おそくとも九月初めになぜそう気づかなかったのか。

一日一日、日出美とともに生きていこう。朝日が部屋に差すと、日の出とともに生まれた子がもういないと思って悲しくなる。だが、これからは朝日が差し込むことを喜ぼう。

お別れ会の幹事をTさんが引き受けてくださるそうだ。心から世話してくださるようでありがたく嬉しいし助かる。場所も一任することにした。人数はどれくらいにするかと問われて見当もつかないでいたが「声をかけるとたぶん大勢来ると思う。五十人くらいにしぼるか」と言われた。大勢の方が日出美も喜ぶのでなるべく多くの人に来てもらいたいと伝える。Tさんは中高関係、Kさんは大学関係を担当してくださるとのこと。医者はもう十一月の予定が入っているだろうから、十二月六日ではどうかと言われたので、それでかまわないと返事した。何人くらいになるか分からないけれど、日出美がそれだけ友人たちを大切にし、自分も愛されていたということだ。

疲れ果てやうやく寝つかるる日々にして娘の死よりひと月経ちぬ

解約せである子のスマホに電話すれば着信画面に母と出でたり

十月二十五日（日）

今日は日出美の月命日で朝から苦しい。美しい日の出を見、部屋に朝日が差し込んできたので元気でいると思うことにした。写真に語りかけ、遺骨を抱いて泣き、遺書を見てようやく落ち着いた。日出美が亡くなっていつのまにか一ヵ月経ってしまったが、この一ヵ月を生かしてくれたのだ。

先ほどTさんから電話があった。十二月六日で会場が決まったとのこと。十六時半受付、十七時～十九時の立食パーティーで会費制にするそうだ。Tさんの心遣いがありがたい。日出美への友情で私を助けてくれる。結婚式のようにして日出美を送ってほしい。こんなパーティーができるなんてありがたく幸せなことだ。日出美が人さまに好かれていたおかげだ。会場で写真とスライドを流すそうで、ほんとうに結婚式のようだ。私は泣いてしまうだろう。今日は朝も昼も頑張ってごはんを食べた。

一日を生くると思ひひと月を生き延びて来ぬ亡子(こ)に守られて

母娘(おやこ)らしき人ら見かくればうらやましく悲しく涙こぼれ落ちたり

十月二十六日（月）

昨夜、娘のスマホの写真をアルバムにしたり、Tさんからの電話などで少し気が晴れて前向きに生きていこうと決心していたのだが、すぐふりだしに戻る。今朝は二時四十五分頃目が覚めたが三時間ほどは寝ただろう。

日出美は文句ひとつ言わずひたすら研究に励んだ。サンディエゴでの口頭発表が決まってからは実験量を二倍にして深夜まで実験に取り組んだ。医師として派遣も当直もこなしながら毎日深夜まで頑張った。「二十三時半頃の電話が一番いいかな」と言っていた。実験を終えて実験ノートに記録する区切りとしての時間だったのだろう。一年半そんな毎日を過ごした。

死の二ヵ月前、患者さんの血液を採取するために広島へも日帰りで行った。始発で向かい、二十四時前に東京駅に着き、それからラボに行って最終電車で帰宅したと言っていたが、無茶なことをしたものだ。米国麻酔科学会で認められたことによる精神的負担・疲労・孤立感すべてが日出美の精神を傷つけていただろう。日出美の死は過労死と言ってもよいと思うが、自分の意思で実験を続けたのだからどこへ相談することもできないでいる。人間関係で辛いとは言っていたが、実験が辛いとは一度も言わなかった。何事にも懸命に努力して取り組んできた日出美、三十二歳で亡くなるのなら「そんなに頑張らなくてもよかったね。もっとゆっくり自分の好きなことをするとよかったね」と言ってやりたい。

日出美の尊敬する人物は「ガリレオ・ガリレイ」、座右の銘は「人事を尽くして天命を待つ」だった。だから懸命に生きた。

何事にも力いつぱい向かひゐし娘の眉の凜々しかりけり

十月二十七日（火）

「おかあさんの娘でいられて幸せでした」と、そんなありがたい言葉を遺してくれた日出美。私は一生分の幸せをもらった。この世の住人は私一人だが、生と死の境のことは分からない。私が家族を思うときは生も死も同じに思える。

今は、日出美のお別れ会が終わったあとの寂しさに耐えられるかどうか心配だ。生きている人がみな羨ましくなるだろう。だが、皆さんが集まってくださったことに感謝し、娘にふさわしい母でいられるように努めよう。この会で終わりではない。これからが日出美の生き直しの始まりだ。

友人らの開きてくるるお別れ会厚意に甘えて今日も生きたり

十月二十八日（水）

風もなく穏やかだが日差しが強い。日出美が元気だったならば今日アメリカから帰国する。おみやげをいっぱい買ってきただろうに、こんなことになって言葉もない。人間関係のしっかりしたところだったら、高度な質問にも応えてくれる指導者がいたら、日出美は張り切って研究発表したはずだ。

今朝四時半頃目が覚めた。床の中からだったが、日出美の横顔が空中にしばらく浮かんで見えた。寂しげに口を結んでいる。私のことを心配してくれているのだろう。

体調がよくない。息がハアハアいうし、心臓が弱っている感じがする。日出美が亡くなって一ヵ月と三日、睡眠不足と食欲不振で体全体が弱っているのだろう。一昨日と昨日は授業中具合が悪くなった。

十五時頃、娘が中高を過ごした母校の教頭先生よりお電話をいただく。図書室に日出美の文庫を作って、そこに医学関係の本を置いてくださるそうだ。こんなありがたいことはない。日出美の志が後輩たちに受け継がれてゆくことは嬉しい。娘の努力が報われる。希望の光が見えたのだから前を向いて歩いていこう。

母校よりうれしき知らせ届きたり悲しみの裡のともしびとなれ

十月三十日（金）

八時四十分の電車で母校に向かう。十四年ぶりになるだろう。娘の写真を持って校舎の外側を一巡りした。

校長先生が「当時の先生方が、日出美さんは優秀で性格もよかったと口々に言う」とおっしゃった。ありがたいことだ。音楽の先生が私を抱きしめてくださり、日出美の写真をご覧になって「そうそうこの微笑み」とおっしゃった。校長先生が「ここでずっと生きていくでしょう」とおっしゃったので「学園がある限りですか」と問うと「そうです」とのこと。ありがたくて涙が出た。大好きな桜の花に囲まれたこの学園で日出美の魂は生き続ける。「娘は子を持つこともできませんでしたが、その志は後輩たちが受け継いでくれるでしょう」と言うと、校長先生が「後輩たちが子どもです」とおっしゃった。私にも血のつながらない孫たちがたくさんできることだろう。校長先生は「自分を責めずに元気でいることを日出美さんは望んでいますよ。濃密な人生でした」ともおっしゃってくださった。

ほんとうに日出美は濃密にこの世を生きた。三十二年間、全力疾走で生きたことは間違いない。この学園で生き続けられることを喜んでいるだろう。目立つことはあまり好まない子だったが、先輩として後輩が育ってゆくのを嬉しく見守るだろう。いつか必ず、日出美の研究の跡を継ぐ人が現れることを期待しよう。

我が家には母の山茶花がたくさん咲いている。小菊も咲き、枇杷の花も香り、ピラカンサも朱色に熟しているけれど、私の心は動かない。

無理に無理を重ねて、それでも文句を言わずに実験を続けていた日出美、米国の優秀賞なんかにノミネートされなければよかった。その忍耐と努力と責任感を思えばあわれでならない。精神だっておかしくなって当然だ。何としても研究を止めさせるべきだった。私は娘の苦しみをまったく分かっていなかった。

小春日のつづけど日出美のをらざれば山茶花を透く光さへ見えず

誠実に人にやさしく穏やかに在りし娘を誰(た)が奪ひしや

十月三十一日（土）

晴れると言っていたが曇ったままだ。

近所のクリニックの医師から「このまま放っておくと大ウツになるので精神科の病院へ早く行くように」と勧められ、紹介状も書いてくださったが、精神科など受診する気になれない。

今から気持ちを切り替えてしっかり前を向いて生きていかなければ日出美を守る責任が果たせない。苦しいけれどその苦しさに負けてはならぬ。今が私の人生の分かれ道だろう。

誇りを持って生きるか、大ウツになって誰にも相手にされず死んでゆくか、それならば誇り高く生きてみよう。日出美が亡くなって一ヵ月あまり生きてきたが、生かされてきた。生かされたのなら、しっかり自分の意志で生きていこう。

私の生徒たちもちゃんと卒業させねばならぬ。自分の責任を果たす努力をしよう。それが日出美への供養となる。どんなに苦しくても仕事は続けよう。講師となって三十年、ここで投げ出したら三十年分の努力が帳消しになる。

日出美は私が気づかなかったいろいろな苦しみから解放されて自由になった。これからはのびのびと自分の好きなことをやればいい。生きていた間我慢してきたことを思う存分やればいい。

在りし日も亡き日も娘を愛しをり照りて曇りて日は過ぎてゆく

十一月一日（日）

先ほども苦しくなったのでお骨を抱いて日出美の部屋に行くと落ち着いた。お骨の娘が助けてくれる。

Tさんから電話あり。お別れ会の会場の雰囲気をどうするかと問われたので、ピンク系のお花で結婚式のように華やかにしてほしいとお願いした。これが本物の結婚式だったらどんなに嬉しいだろう。日出美は亡くなってからも私を幸せにしようとして、母校のことやお別れ会のことを知らせてくれる。

子のをらねば生きられぬとぞ泣きながら一階二階行き来してをる

お別れ会開きてくるる友らある亡娘(こ)の幸せのあたたかきかな

十一月二日（月）

日出美は私の何倍も努力して生きた。亡くなったほんとうの理由は本人でないと分かるまい。なぜこんなに早く死ななければならなかったのか。なぜこんなに苦しい目に遭わなければならなかったのか。

亡くなる数日前に「人を包み込んでくれるような人だったのに、最近感じが変わったねと言われた」と話してくれた日出美、確かに以前のようににこやかではなくなっていた。それに気づいていながら何の対応もしなかった。

人さまにも親にも心配かけぬやうしてゐし娘か　空ただ青し

十一月三日（火）

今朝はよく晴れて穏やかな一日だった。日出美がお骨になってから一ヵ月が経った。

日出美の死は、責任感の強さ・真面目さ・忍耐力の強さが裏目に出てしまったのだろう。

娘が亡くなってこの一ヵ月、何をどうやって生きて来たのかあまり記憶がない。生きて来られたのが不思議なくらいだ。娘が全力で守ってくれているからだろう。

日出美のために今からしてやれることは、私が正常でいることだ。娘が亡くなって一ヵ月あまりで立ち直れるわけがないが、悲しみでブルドッグのように垂れ下がっている頬の下の重みも少し軽くなったような気がする。

孤独死してもよいではないか。遺言書を緊急連絡先と同じように冷蔵庫の中に入れておけばよい。死後、娘のお骨と共にお墓に入るのだけは誰かに頼んでおかねばならぬ。

一人娘（ひとりご）よりほかに家族もあらざればこののちいかに生きてゆくべし

十一月四日（水）

昨夜お風呂から上がって髪を拭いていると、リビングの柱の所に白いものがスッと隠れた。というより、スッと歩いて行ったという感じのものが見えた。日出美ちゃんだ。このように時折姿を見せてくれると嬉しいのだが。

どこへ訴えればよいのか分からないが、国の機関、あるいは医師会には、娘のような研究医の立場の者を救える機関、たとえば研究医としての悩み相談室の開設など、早急に取り組んでほしいと願う。医師の働き方改革の一環として、研究医にも研究時間の制限を設けてほしい。また、研究に専念できるよう、医師としての仕事を遠慮せずに断ることができる自由を与えてほしい。娘のようにまじめで一生懸命になりやすく、人に気を遣うタイプの人間が追いつめられなくてすむ環境を一刻も早く整えてほしい。

麻酔科教授と話して分かったことだが、日出美は誰にも研究を止めたいとは言っていないそうだ。ぎりぎりまで我慢して、自分の本音はひとつも言わずに死を選んだ日出美、教授は「針馬先生は無駄死にではない、必ず後に残る研究だった。虎は死して皮を残す」とおっしゃった。そんな言葉より日出美を返してと叫びたい。

悪性高熱症の研究に命をかけし十八カ月

死ぬ方法考へながら生きて来し四十日記憶もとびてをるなり

十一月六日（金）

朝五時の空を見上げると星も月も輝いていた。オリオン座が南の空にあるが日出美の星はどれだろう。

難病の患者さんを救うための研究と、自分の命を引き換えてしまった日出美の生きた証を残したい。それは娘の要望ではなく愚かな母の願望だ。たった一人の理解者であった娘を亡くしたことは絶望以外のなにものでもない。だが、私はこうして生きている。娘の愛に包まれているからだ。

子の遺しし歌よみながら浮かびくる深き思考と澄みたるこころ

十一月七日（土）

今朝は三時半頃目が覚めた。四時間は寝ただろう。

Tさんから電話が来てお別れ会には百人ほど来てくださるそうだ。驚くと「はりりんがやさしかったたから」と言ってくださった。そんなに多くの方が来てくださるのがありがたく、日出美が人とのつながりをどんなに大切にしていたかが分かった。

遺影の笑顔がやさしい。やさしい人間だからこんなにやわらかくやさしい笑顔になれるのだろう。


穏やかにほほゑみてゐる子の写真見つつつられてほほゑみかへす

十一月九日（月）

十時から四十九日の法要。九州の叔母たちが来てくれた。胸が少し痛む。娘の友人の精神科医から適応障害だろうと言われた。たしかにそうだろう。日出美の死が受け入れられなくて苦しんでいるのだから。読経の間中、遺骨を抱いて泣いていた。

三十二年全力疾走に生きし子か一生分の親孝行もして

十一月十日（火）

朝、勤務校の保健室の先生から今日の午後、カウンセリングを受けるよう勧められたのでそうした。スクールカウンセラーさんが副校長先生に頼んで予約を取っていただき、二週間後に都内のS病院の精神科を受診することになった。薬で楽になった方がよいと言われた。

カウンセラーさんは「あの世は必ずあると思っている。娘さんはあの世で必ず幸せになる」とおっしゃってくださった。この世で苦労した分、あの世でのびのびと自由に暮らしてほしい。伴侶となるべき人にも出会ってほしい。

助けられし命ならむに無能なる我は感情のままに動きけり

何としても生きねばならず七キロもやせて体温調節難し

十一月十一日（水）

昨日のカウンセラーさんの言葉に気持ちが少し軽くなっている。いつも手を合わせている写真に「幸せになってね」と語りかけると、生きているように微笑み返してくれた。写真の姿を借りて実際に私のところに来てくれたのだろう。私も笑顔になれた幸せな時間だった。

十二月六日のお別れ会は娘の結婚式にしよう。会場は華やかにしてくださるようだし、こんなに大勢の方が参列してくださることはもうないのだから。

もしかすると、彼の国に日出美と同じような亡くなり方をされた人がいらっしゃるかもしれない。娘には人間の本質を見抜く目があったので、そんな人たちの中から理解し合える人と出会ってほしい。私と過ごした時間より、その人ともっと幸せになってほしい。

十二月六日は、私の願いを皆さまに伝えられるようにスピーチしよう。悲しい現実があったけれど、ふたたび天国で自在に翼を広げて幸せに生きてほしい。それが私の希望。

二人してテレビ観しこと歩きしこと日常の中に在りし幸ひ

十一月十二日（木）

今日は日出美にひどい電話をかけてから四十九日、明日は亡くなってから四十九日、悲しい日が続く。娘がなぜ死ななければならなかったのか、今までずっと我慢させてきた私への天罰だろうか。それならば私を殺して日出美を死なせないでほしかった。

命と引き換えられるものなんてないのに、日出美は研究と自分の命とを引き換えてしまった。何としても悪性高熱症の患者さんを救いたかったのだろう。

子と過ぐしし日々は戻らずもどらねど灯しつづけむ子を思ふこころ

十一月十三日（金）

どうも気持ちが落ち着かない。娘もこんな不安にかられていたのだろう。悲しく苦しいのに泣けない。涙が出ない。今日は日出美が亡くなってからほんとうの四十九日。

十九時過ぎ頃から遺骨を抱いて話しているうちに、日出美は命の量を使い果たして死んだのだと気づいた。三十二歳までしか生きなかったけれど人の何倍も努力して生きたのだ。私は娘の二倍に余る量を生きているが未だに何も成し得ていない。そう考えていると「おかあさんも頑張ってね、しっかりしてね」と言われているような気がした。今日もいろいろ教えてくれた。

これからは日出美が人とのつながりを大事にしたように、私も人づきあいをしよう。何をすればよいか教えてくれるだろう。

目標を持ち努力して生きよとふ娘の声の聞こゆるやうなり

十一月十四日（土）

九月二十四日の電話のことを思いつめないようにして前を向き、目標を持って努力して生きていこう。人とのつながりを大事にしながら生きていこう。それが日出美の教えだ。そうやって生きていけば誰かが助けてくれる。葬式のことも心配ない。生前にできるだけのことをやっておこう。「私のおかあさんなのだからしっかりして」と言っているだろう。娘の魂はいつも私のそばにいる。遺骨となって現実にここにいてくれる。何の寂しいことがあろうか。泣くときは泣いてよい。くじけるときはくじけてよい。大丈夫。

たましひの存在信じて生きゆけばかの世この世も分かたれずあり

十一月十五日（日）

午後から娘の中高時代からの友人二人がお焼香に来てくれた。産婦人科医となっているSちゃんが「日出美ちゃんが死ぬということは人生においてよほどのことがあったにちがいない。研究だって一人で研究するなんてあり得ない。仲間がいて切磋琢磨しながら頑張り、指導者がいるのも当たり前できちんと面倒を見るようになっている。よく一年半頑張った。日出美ちゃんだからできたことだ」と言ってくれた。「自殺未遂したということならば、もうそれからずっと死を考えていただろう」とも言った。日出美は私のために八月十六日から九月二十五日まで生きてくれた。私が日出美を死なせたというとHちゃんは「日出美ちゃんはちゃんと判断できる子だからそんなことはない」と言ってくれた。二人は共に「いつもにこにこしてやさしかった。目標を持って努力していた。でも少し頑固で、思ったことは突き進む性格だった。

漫画や小説や歌詞も書いて見せてくれた」と言った。私は日出美が漫画などを書くことに反対していたので一度も見せてくれたことはない。どんな漫画や小説を書いていたのか見たいと思うが、家には残っていない。

死ぬるまで我がそばに置く子の遺骨にベビー毛布を掛けて眠らす

十一月十七日（火）

娘のかつての担任の先生からお花と学園の桜の写真が届いた。日出美のことを「ほんとうに一生懸命頑張ってえらかったね」とおっしゃってくださった。

思ひ出をたぐれど帰り来ぬ娘この思ひかの世にとどけらるるか

十一月十八日（水）

眠れない。後悔ばかりしている。どうしても過去ばかり振り向いてしまう。助けられた命だった。この点も二十四日の病院で聞いてみよう。

自死遺族の電話相談、二回目にしてつながり、だいぶ長く話を聞いていただけた。女性。「あなたが殺したとは娘さんは思っていない」「やさしいお嬢さんにあなたが育てた」「親も未熟、親とはそういうもの」「説教したのも娘を思うから」「世界的研究者にしようと思ったのもあなたが娘さんのことを本当に思っているから、幸せになってほしいと思っているから、決して親のエゴや名声欲ではない」とおっしゃってくださった。「娘がすべてを許して私が生きることを願っていると信じてよいか」と問うと「もちろんです。あなただってそう信じているでしょ」とのこと。「娘が苦しんだのに私だけが楽していいのか」と問うと「あなただって苦しんでいます。あなたが生かされているということを思って、生きて行く道を何かさがしてください」と言われた。何もないと答えたが。「娘は本当に私の傍にいるのでしょうか」と問うと「いるでしょ、ご自分の中にいるでしょ」と言われたので「いないような気がする」と答える。「それは悲しみと苦しみが大きいから」とのこと。悲しみで胸がいっぱいで娘が入ってくる場所がないのだろう。今は仕方がない。

希望と絶望を繰り返しながら人は何とか生きていくのだろう。後を追いたいと言う人が大勢いらっしゃるそうだ。その気持ちはよく分かる。また電話してよいとおっしゃった。私も希望と絶望を一日の中で何度も繰り返しながら五十五日生きてきた。

「娘に研究を止めて帰って来なさいと言ったら帰って来たでしょうか」と問うと「分かりません。帰って来たかもしれないし、帰って来なかったかもしれない。お嬢さんの性格からすると帰って来なかったかもしれません」とのこと。スクールカウンセラーさんもそうおっしゃっていた。日出美は死を覚悟してぎりぎりまでやろうとしたのかもしれない。それでも私は「止めて帰っておいで」と言うべきだった。また過去にもどっている。

絶望と不安にとらはれし苦しみに涙も出でぬ日がつづきをり

一日を生きて一日亡子に近づくことを思へば生きてゆかるる

十一月十九日（木）

二時間目終了後、副校長先生と屋上で一時間近く話す。私の言葉で死んだのではないとおっしゃってくださった。もう大人なのだからと。「親子関係がしっかりできていたからこそ、お嬢さんがおかあさんの期待に添うようにしていたのだ」とおっしゃった。「一年半、娘は黙って耐えたのに、私は弱くてダメです」と言うと、「いや、娘さんだって、もしおかあさんが亡くなったとしたらこうなりますよ。おかあさんが亡くなったら悲しむから、生きて何十年後かに天国で会って、おかあさんが頑張った話をするとよい。娘さんが頑張ったのだからおかあさんも頑張った方がよい」とおっしゃってくださった。

私が悲しむのは、自分のために悲しんでいるのだと気づいた。自分が独りぼっちになって辛く悲しいから泣き、苦しんでいるのだ。それではダメだ。私が泣けば日出美も泣くと言われた。私が笑えば娘も笑う。

十二月六日のお別れ会は私から届ける結婚式だから、その時が来れば神様が日出美に届けてくださるだろう。一日も早く幸せになってほしい。

天国は在るや浄土は在ると言ふや娘はいづくに生きてをるかや

十一月二十日(金)

日出美は人さまの命を助けるためにさまざまな活動をした。特に救急医学には強い関心を持ち、学生の頃から日本救急医学会認定ＩＣＬＳコース(医療従事者のための蘇生トレーニングコース。突然の心停止に対する、最初の十分間の対応と適切なチーム蘇生を習得することを目標とする）のインストラクターなどの資格を取り、六年の時は医学部生によるＡＣＬＳの普及を目的とした公認団体（ＫＡＰＰＡ）の代表も務めた。ＡＣＬＳとは医師・看護師・救急救命士などが行う二次救命処置のことだ。初期研修を終えたとき、救急に行くか麻酔に行くかずいぶん迷っていたが結局麻酔科医となった。救急に行けば死ぬこともなかったのではないかなどとまた考えてしまう。

これの世を全速力に駆け抜けし子は天国に幸せにをらむ

十一月二十一日（土）

日出美は私の中から自在に天国に行ったり、この世に帰って来たりしているのではないか。そうだ、私は日出美の基地だ。私が死んだら帰って来る場所がなくなる。日出美の分まで生きるつもりで頑張ろう。今は難しいけれどそれが娘の望んでいる生き方だ。今日から前を向こう、顔を上げよう。

我は生きて娘を守らむそのための命と思ひ生きてゆくべし

十一月二十三日（月）

夏、新宿のスペイン料理店で食事をしたことを思い出す。買物に付き合ってほしいというので「ウン」と言ったが、疲れていたので内心では早く家に帰りたかった。それが表情に出ていたのだろう。食事が終わる頃、日出美は何も言わずに電車の時間を調べ「今すぐ出れば間に合うよ」と言ったので、私は約束を忘れたふりをして慌てて席を立った。お会計は日出美がしてくれた。外のレジに並びながら笑顔で私に手を振ってくれたが、その姿を今も鮮明に思い出す。約束を忘れたふりをして帰ったうしろめたさと、日出美のやさしさを思って今でも恥ずかしくなる。内心では「約束したのに」と思ったかもしれないが、そんな感情はみじんも見られなかった。私をいたわってくれたのだろう。いずれにせよ、私は娘より人間的に劣っているということだ。

足の爪切りつつ娘も同じ形してをりしとぞ涙ぐまるる

十一月二十四日（火）

今日はＳ病院精神神経科初受診。副校長先生とスクールカウンセラーさんのおかげだ。九時四十五分に呼ばれ、十一時頃まで話を聞いてくださった。若い女の先生。話している間中、胸が痛く苦しくてお水をもらった。私が話すことをパソコンに入力していく。家族のことなどいろいろ問われた。厳しい育て方をしたことなどを話す。日出美の死に私の言葉は関係ないと言ってくれた。関係があるとすれば職場での過労死にあたると。日出美の心に寄り添わなかったと言うと「電話をかけて話すことで寄り添っていましたよ。たとえ説教でも自分のことを心配してくれる人がいると思っていたはずです。それにひどい目に遭ったことなど一年半話さずにいたのは、おかあさんが支えていてくれたからですよ」と言ってくださったので泣いてしまった。日出美の死はすべてのタイミングが悪い方に重なったからだそうだ。研究のこと、そのほかのすべてのことや九月の天候のことなども。今年の九月は寒い日が続いた。

何かあったら病院に電話してよいとおっしゃった。診察で出られなくても他の先生が出てくれるそうだ。話を聞いてもらえると思うと安心だ。毎食後飲む薬をもらったが、不安を抑える薬だそうだ。

米国の賞にノミネートされなければここまで追い込まれることはなかったかもしれない。人一倍頑張り屋だったから引くに引けなくなったのだろう。そんな性格だった日出美がかわいそうだ。「よく頑張る人ほど何も言わない」と先生はおっしゃった。

医師の診断は、家族を喪失したショックによる重度のウツ症状とのこと。「入院して仕事も休んだ方がよい、仕事が休めないなら病院から通うとよい」と言われた。今は個室が空いているそうだが、環境が変わるとより不安定になる気がするし、猫たちもいるし、日出美の遺骨を置いたままにはできない。私はいつも娘と一緒にいたい。病院には二週間おきに通院することになった。

今日もらった薬が気を楽にしてくれている。あまり悲観的にならずに済んでいる。日出美にもこの薬をのませてやりたかった。

理想の子に育てられたる一人子は逃るるすべを知らず死にけり

十一月二十五日（水）

日出美が亡くなって二ヵ月が経った。昨日の医師の話では過労死と言えるとのこと。実験量が多すぎ、労働時間も長すぎた。医師として派遣の仕事などもこなしながら毎日夜中まで実験していた。眠れないことも多かっただろう。「明日天国に召されると思うとようやく眠りにつける」と言ったこともあった。私はそれを聞き流していた。いや、娘の命の危機に気づくことをおそれていたのかもしれない。やはり九月二十四日の電話で死の決意をさせたのだ。

過労死と同じと言はれし娘の死どうすればよかつたどうすればよかつた

十一月二十七日（金）

朝焼けが雲を金色に輝かせている。日出美が元気でいる証だ。生きることがこんなに苦しいものだとは思わなかったが、今、私が娘にしてやれることは生きることだ。お墓参りの帰り、市民農園の方へ行ってきた。太陽が西へ向かう中、真正面に富士山が見える。大声で日出美の名を呼びながら泣いた。泣きたいときはここへ来よう。とんびも静かに空を回っていた。家からそれほど離れていないのにここには別世界がある。

胸にきつく抱きしめをればわが鼓動伝へて動く骨壺の子よ

十二月一日（火）

日出美の肉体はこの世に存在しないが、魂は存在している。その魂と心と心でつながっていると信じよう。私が死んでしまえば日出美の魂の居場所がなくなってしまう。この家で亡き家族とともに暮らしていると思えば、何も悲しむことはない、寂しがることもない。

十二月といへど季節の移り変はりもひとごとのやうに過ぎてゆきけり

十二月二日（水）

昨日読んだ本に「死は存在しない」と書いてあった。苦しみと悲しみのない、光に満ちた世界らしい。日出美もそこにいると思おう。この世にいたときよりもずっとずっと幸せに暮らしていると信じよう。

日出美は麻酔科医として多くの人の命を救った。だから私も人さまの役に立つことをしよう。自分のできる範囲で、できれば短歌や古典の勉強会のようなものをしたいが、単なるお話し相手でもよい。独りで家にこもっていてはよくない。先のことは何とかなる。自分の生き方次第だ。

彼の国に幸せに暮らしてゐると思へば娘の笑顔見ゆるやうなり

十二月三日（木）

お昼に娘のかつての担任だった先生とお会いした。「ピンクのスイートピーが日出美ちゃんのようだったから」とおっしゃって、気持ちまで明るくなるようなブーケをくださった。「ほんとうに良い子でした。切れ長の目でいつも微笑んでいました。おとなしいけれど面談するとよく話す子でしたよ」ともおっしゃった。よく覚えていてくださってありがたくてまた泣いてしまった。

帰りに自死遺族のわかちあいの会に参加して、スタッフの方々の優しい言葉に涙し、人間の心の優しさを与えてもらった。

いい子いい子と幾度も娘をほめてくださる恩師に涙いっぱいとなりぬ

スイートピーの花のピンクが日出美ちゃんのやうと恩師ゆブーケたまはりぬ

「大事な大事な日出美ちゃん」さう言ひて抱つこせし日々過ぎ去りし日々

三十二歳といふに若くありし子よ長き黒髪白き指先

十二月五日（土）

昨日と違って風もなく穏やかな一日である。

元夫から「いつも一緒に居ながらなぜ死なせた」と言われた言葉が私を苦しめる。こんな言葉に負けるなと思うが、どうにもならない気持ちでいる。生きる道が見えないでいる。苦しいときは遺骨を抱いて泣こう。

子のまことの心のうちを受けとめてやらざりし悔い身を喰ひちらす

十二月六日（日）

今日のお別れ会は「日出美の幸せを祈る会」という名にして、参列者の方々に「日出美ちゃん幸せになってね」とご唱和いただくことにした。これで辛さも和らぐだろう。

涙声になりながらも何とかお礼のスピーチができた。日出美が応援してくれたのだろう。会には急きょ参加してくださった方を含めてちょうど百名の方が参列してくださった。

日出美がお世話になった麻酔科の先生は「妹のように思っていた」とおっしゃってくださり、慶應義塾大学病院病院長をお務めになった同科の教授も参列してくださった。現医学部長の生理学教授は、分子生物学会で日出美の研究がおもしろいと話題になり、日経新聞社の記者が取材に来たとおっしゃった。お帰りになるとき「悪性高熱症の研究を必ず世に出します」とおっしゃったので「それを楽しみに生きます」とお返事した。

多くの方々が私の許に来てくださり、口々に日出美のことをほめながら一緒に泣いてくださった。私のこともいろいろなところで話していたようで「おかあさんが好きだった」とか「親子の仲が良いと思った」とかおっしゃってくださった。何より嬉しい言葉だ。頑張り屋でいつもにこにこして皆さんの人気者だったようで、麻酔科の若い先生が「非の打ち所のない人だった」とおっしゃってくださったのには感謝の言葉もないほどありがたく嬉しく悲しかった。

研究室で一緒だったという方は「針馬さんの実験するときの手がとてもきれいだった、小さい手で工夫して器用に実験していたが、こんなにきれいに実験する手を今まで見たことがなかった」とおっしゃった。娘が中高の五年間、化学部で実験してきた成果だったのだろう。

会終了後、毎晩のように電話をかけてくださるHさんと近くのレストランに行った。今夜の誰もいない家に帰る不安と悲しさを聞いていただき、少し気持ちが落ち着いた。この方のおかげで今夜を乗り切る事ができるだろう。

悲しみも苦しみもなき彼の国にゐると信じて今は眠らむ

かつて見しことなきほどと実験の手の美しさほめられし子よ

十二月七日（月）

昨日、娘の友人の精神科医に「私の言葉で日出美は死んだのではないか」と問うと「死んでいない。おかあさんの言葉では死なない。タイミングが悪かったのだろう」とのこと。「私がひどい言葉を言った翌日の死だったが」と言うと「それは関係ない。日出美ちゃんはそんなに弱い人間ではない」と言ってくれた。その言葉を信じよう。

昨日、若い麻酔科医が「日出美さんはこれまで何人もの人の命を救ってきた。その人たちの胸の中で生き続ける」とおっしゃってくださったのが嬉しかった。日出美はＡＣＬＳ（二次心肺蘇生法）や、ＢＣＬＳ（一次心肺蘇生法）の講習会のインストラクターも務めている。この講習会で学んだ人たちがまた何人の命を救っているか、それらを考えると、日出美の努力は実を結び続けていくだろう。それだけの人の命を救ってきたのだから、私が死んだらどんなに悲しむか想像がつく。自らは命を絶ってしまったけれど、私には生きてほしいと願っているはずだ。

私は今から意欲的に生きる。日出美との思い出を書き残し、三十二年三ヵ月をどう生きたかを書き記そう。大変な仕事になりそうだが、やるべきことが見つかった。日出美はたくさんの人の胸の中で生きている。魂は生きている。そう信じて私も生きる努力をしよう。

人のために力尽くして生きし子は京都が好きと言ひをりしかな

一冊の本とぞなりて子と我のいのちはここにとどまるならむ

十二月八日（火）

元夫がお別れ会の時にずっと話していた男性は精神科医だそうだ。「ときどき日出美さんと食事に行っていろいろ相談し、ずいぶん助けられたことがあった。最後の方は顔つきが変わっていたので気になっていた。もっと話を聞けばよかった」とおっしゃったそうだ。そういえば日出美は亡くなる数日前「顔つきが変わったね、前は人をいやしてくれる顔をしていたのに」と言われたと言っていたが、その精神科医の言葉だったのだろう。

研究室の人からは、日出美が当直の時、緑の手術着を着たままピッチを持って実験に来ていた時もあったと聞いたが、それだけ追いつめられていたのだろう。私には何も言わなかったのでそんなに切羽詰まっていたとは思いもしなかった。肉体も精神ももうとっくに限界を超えていたのだろう。日出美の横で仕事をしていたという方からいただいた手紙には「臨床と実験の様子は尋常ではなかったが、日出美ちゃんが頑張っているのだから私も頑張らなければといつも思っていた」と書いてあった。多くの人が「いつもにこにこしていてそんなに大変だったとは分からなかった」とおっしゃったが、異変に気づいていた人もいたのだ。

日出美の死を無駄にすることがあってはならぬ。何のために頑張ったのか、頑張った甲斐を認めてやらなくてはならぬ。日出美は人が一生かかってやることを三十二年間でやり遂げたのだろう。私への親孝行だって一生分以上のことをしてくれた。何事にも真心を尽くし、人のために心配りをし、努力して生きた。自分の一生分を生きたのだ。私は娘を人間として尊敬する。生きているときに気づいてやるべきだった。

目には見えず声も聞かれねど我がそばにゐてくるること分かるときあり

ほほゑみを絶やさぬ娘にありにけり誰にもやさしき娘なりけり

十二月九日（水）

日出美は天国で元気に研究し、この世の病める人々を救いにも来ている。参列者の方々もそう言ってくださった。

元夫が先日の参列者から聞いた話を教えてくれた。日出美が「マンションでカーテンを閉めたままだからお天気も気温も分からないけれど、母が教えてくれるから助かる」と言っていたと。毎週金曜日は派遣で静岡の病院に行っていたのでお天気のことを知らせていたのだが、そんなことまで喜んでくれていたのかと思うと涙が出そうになる。日出美ちゃんありがとう、おかあさんは嬉しいよ。前を向いて生きるしかないのだから明るい方向へ歩こう。私は生きて、日出美を守り抜く義務がある。

我は生きて娘を守らむ二人して明るき道を歩きてゆかむ

十二月十一日（金）

十三時過ぎ、市の「こころの電話相談」に初めてつながった。三十分は話せるらしい。「娘さんは居るべき所へ戻った。神様のところで何のしがらみもなく自由に研究している。親は学会のことも研究のことも分かっていないので、娘は意見を求めていなかった。帰っておいでと言っても帰って来なかっただろう。二重三重四重に、米国の学会のことや大学のこと、研究のことなどがからまって亡くなったのだろう」とおっしゃった。「殴り合いのけんかをする親子もいるけれど短い間でしたがよい関係でしたね。うらやましいです」とも。自死遺族の会の電話番号も教えてくださり「また電話してもいい。今が一番辛いときだし、一年くらいはかかるから自由に悲しんでください。そして自由に話してください」とおっしゃった。

泣きたくとも涙の出でぬ苦しみにうそ泣きしつつ耐へてをるなり

十二月十二日（土）

十一時、娘のマンション関係の人が、驚くほど多額な請求額を言ってきた。インターネット上に、自殺ということで部屋番号まで出ているとのこと。値下げして貸し出すのでその分を負担せよとの主旨。年末で来年までこの問題を引きずりたくないし、私には体力も気力もないし、娘も争いを好まないと思うので、言われるまま支払うことにした。申し訳ないけれど日出美の遺したお金から出させてもらうことにする。

子を思ふ心はつねに過去を向き深き後悔に身をしぼらるる

我が胸に大きなる穴あきたるが日ごとに深く痛くなりゆく

十二月十四日（月）

十二時半すぎにS病院の精神科で一時間カウンセリングを受けた。「何かに取りつかれたように研究していたのね。でもほんとうのところは娘さんに聞いてみないと誰にも分からない。あなたは納得がいかないから自分を責めるのでしょう」とおっしゃった。「毎日お線香を上げてきれいなお花を供えてあげることがあなたのできることです。お世話ができるのはあなたしかいないのだから、娘さんが生きた証を守っていってください」と言われた。そうしていれば私が日出美の許へ行ったとき、正々堂々と会えるのだそうだ。涙が出ないのは悲しみが深すぎるからだろうとのこと。物忘れは薬とは関係なくショックのせいらしい。

今日は帰りの電車の中で少しうとうとした。途中で娘が「おかあさん」と呼びかけてくれたが、まだ何か話してくれるかもしれないと思って目をつぶっていたけれど、それきりだった。日出美の声にしては低かったような気がするが、亡くなってからはじめて声をかけてくれた。

日出美の生きた証を残さなくてはならぬ。研究に自分の命を捧げて亡くなってしまった娘を、このままこの世から消えさせてしまうなんてできない。何のために娘は死ななければならなかったのか。研究から逃れるためか、人間関係から逃れるためだったのか。

「おかあさん」と声かけてくれし亡き娘ただなつかしく振り向きにけり

ほかに何か言ひてくれぬか　目をとぢて待てど再び聞こえざりけり

十二月十五日（火）

今日は十四時から十六時までわかちあいの会に参加した。それぞれの家族にそれぞれの不幸があるが、独りぼっちは私だけだった。なぜこういう別れ方になったのか。私は明日があると思っていたが、娘には明日はなかったのだ。

子と二人よく食しける和生菓子ふたつ買ひ来てお供へしたり

大声に子の名呼びつつ野の道を歩きめぐりて帰り来にけり

十二月十七日（木）

今日、副校長先生から「また痩せたでしょ」と言われ、入院を勧められた。心配してくださるのがありがたい。

九月二十四日の私の言葉と態度は決定的に娘を傷つけ、死へと導いただろう。責任もとったのだろう。大学への責任なんてありもしないのに、私がそう責め立てた。私と優秀賞ノミネートが日出美を追いつめたのだろうか。米国学会での口演者は日本人四人（グループを含む）、アメリカ人六人の十人で、日出美は九番目に口演すると言っていた。

こころの電話相談に電話したらつながった。また日出美のおかげだ。しかも先日担当してくださった方で、私のこともよく覚えていてくださった。「お嬢さんはこう言えばこう言うとすべてお見通しだったのであなたには罪はありません」とおっしゃった。特別な人だったから、この世の人生修行はもういいよ、早く帰っておいでと神様が呼んでくださったのだそうだ。天国の方がよいに決まっているから、この世でやるべきことがすべて終わったから、人より早く帰って行ったのだそうだ。この人の言葉を信じよう。一年二年辛さが続くのだそうだが、この人のやさしい声と言葉を信じて生きよう。日出美がこの人の口を借りて「おかあさんに罪はないよ」と言ってくれたのだろう。

この人は、娘は人間として正しく美しく生きたとおっしゃってくださった。ありがたくて涙が出る。私にも美しく楽しく生きてくださいとおっしゃった。


我がことはお見通しゆゑ罪なしと言はれてありがたく泣きてしまひぬ

十二月十八日（金）

昨日の相談員さんの言葉を信じよう。日出美は正しく美しく生きた。日出美はすべてをやり終えたのだ。

子を亡くしはじめて迎ふるクリスマス正月いかにやり過ぐさむか

胸に穴空くも真実胸の痛くなるも真実と今ぞ知りたる

何としても生きて我が罪つぐなはねばならぬぞ子の逝きて八十五日

十二月十九日（土）

九時半頃から市民農園に富士山を見に行ってきた。娘の名を呼びながら泣いて来ようと思ったけれど、涙が出ないのでかえって苦しい。日出美はたくさんの幸せな思い出を残してくれた。二人で過ごした時間は取り戻せないけれど、その時間を思い出しながら書き綴ってゆくとまた幸せになれるだろう。

送る人も迎へてくるるもなくて言ふ「日出美ちゃんただいま今帰つたよ」

十二月二十日（日）

日出美は自分の寿命を全うして亡くなった。そう思える生き方をした。もう少し落ち着いたら人のためになる活動をしよう。無理をせずにできることが何かあるだろう。

「一を聞いて十を知る人だつた」と聞かされて子の死なほさら耐へがたくなりぬ

十二月二十一日（月）

日出美は誰にも相談せず、母親の私にも何も言わず、自分一人で泣いていた。その強さが私にはない。相談員の方がおっしゃった。「自分を責めてお嬢さんが戻るならいくらでも責めるがよい。しかし戻らないのだからこれからあなたができることをしてあげなさい。お花を供えたりして」と。それはよく分かっている。分かっているけれどなかなかできないのだ。相談員さんに同じことを話して同じことを言われる。それでも人と話すことによって心が落ち着く。

日出美が亡くなって今度の金曜日で三ヵ月になる。時間の経過がよく分からない。

わが娘に似たるはあらぬか西方より東へ流れてゆく雲見つつ

十二月二十二日（火）

こころの電話相談につながって二十分くらい話した。これで三回目となるが、前回「あなたと話すと泣けてくる」とおっしゃった方だ。親でも何から何まで分かってあげられる人はいないとのこと。確かにそうだが、私はほんとうに無能な親だった。

誕生日祝ひてくれし一人娘（ひとりご）に幸せ幸せと礼言ひしかな

大きゆずふたつを入れてあたたまる冬至の風呂に亡き子も入れ

十二月二十三日（水）

庭の梅が一輪咲いていた。こうして季節は移ってゆく。

いつか、日出美の研究の跡を継ぐ人が必ず現れるだろう。それを見届けねばならぬ。

いつ帰り来てもよきやう子のふとん干したり今も在りし日のままに

十二月二十四日（木）

昨夜から日出美の「独りぼっち、逃げ出したい、もう嫌だ」の泣き叫び声が耳から離れない。

こころの電話相談につながって十五分ほど話した。初めての人だったが電話番号の記録が残っているようだ。「繰り返し繰り返し話を聞いてもらうことが今のあなたに必要なのだろうから、何度でも電話していいですよ、いろいろ思うのも当然、何度も電話するのも当然」とおっしゃってくださった。

今日はクリスマスイブ。サンドイッチ・いちごのショートケーキ・クインシーメロンを買ってきた。日出美は天国で素晴らしい人と出会って、その人と一緒にいると思うことにしよう。

そう思えばこの辛さも乗り越えられるだろう。

天国にめぐりあひたる恋人と幸せにをらむと想ふイブの夜

十二月二十五日（金）

麻酔科教授十三時頃来宅。麻酔学教室リサーチ・レジデント・デイの最優秀賞が「針馬日出美賞」と命名されたそうだ。元慶應義塾大学病院病院長の同科の教授も大賛成してくださったとか。ありがたいことだ。日出美は論文を書かせてもまとめ方が緻密で早いのだそうだ。サンディエゴでの学会発表も研究途中であったにもかかわらずノミネートされたのは、それだけ期待されていたからだとか。教授は「わずか一年で世界に出た」とおっしゃってくださった。

先日のお別れ会の時もある先生が「このまま研究を続けていれば間違いなく悪性高熱症研究のトップランナーになった」とおっしゃった。そうなってほしかった。

心配してくれて大切にしてくれて愛してくれてありがたう　我宛の遺書

十二月二十七日（土）

昨晩お別れ会の写真とＤＶＤを見て悲しかったけれど、こういう形で娘の生きた証が残せたのは幸せなことだ。参列者の中には泣いていらっしゃる方々も見受けられた。

エジプト旅行の時のデジカメの写真をプリントしてきたが、動画の中にピラミッドについて説明する娘の声が入っていた。声が残ったことがありがたく嬉しい。

お別れ会の写真とＤＶＤの届きたり子の亡くなりしこと現実となる

十二月三十日（水）

日出美は天国で自由に幸せに暮らしていると信じ、生きていた頃と同じように暮らしていけばよいのだろう。

解約する娘のスマホにメール入れぬ「日出美ちゃんずつと愛してゐます」

十二月三十一日（木）

今日は日出美はラボで研究していると思うことにしている。

明日は初日の出が見られるそうだが、今年の元日は大雪だった。積雪の中、日出美はラボに行き、お昼に藤沢駅で待ち合わせて江ノ島へ初詣に行ったが、階段に並んでる人もなく、すぐお参りできてよかった。甘酒を飲んでいる日出美の寒そうな姿が今も目に見える。

夕食はカップうどんで済ませた。例年ならば二人で紅白歌合戦を観て、除夜の鐘を聞きながら年越しそばを食べたものだが、今年はとてもそんな気にはなれない。明日は初日の出を見てお雑煮を作るつもりだ。お雑煮だけは作ってやりたい。明日もまた歌集のことに集中して一日を過ごそう。

日出美の母として生きる覚悟がまだ定まっていない。どうやって生きていけばよいのだろう。日出美ちゃん日出美ちゃんと呼びながらわんわん泣いていたいけれど、泣けないでいる。おかしなブレーキがかかっているような気がする。もっと素直に泣けると楽になれるのだろうがどうしようもない。天国にいると思おうとしている気持ちと、現実にいない寂しさが入り交じって心がおかしなことになっているのだろう。


紅白も年越しそばも除夜の鐘もひとごととして今夜は寝ねむ

二〇一六年

一月一日（金）

風もなく穏やかな日だ。七時十分頃、駅前のマンションの間から昇ってくる初日の出に手を合わせ、お雑煮を作って仏前に供えた。

お神酒は昨年五月に伊勢神宮を参拝したとき、おはらい町で買ってきたお酒にした。親子での最後の旅行となったが、専用の露天風呂付きの旅館に泊まり贅沢な時間を過ごすことができた。日出美は神戸での学会終了後、近鉄特急で伊勢まで来たが疲れ切った様子だった。その時のことなど思い出す。

二〇一六年は、日出美は天国にいると信じて生きていこう。私の傍にもいると信じて泣き嘆かないようにしよう。今日は何だか傍にいてくれているような気がする。明日は百か日法要。亡くなってまだ百日しか経っていない。今日も世間に背を向けて過ごした。

お雑煮は作りて供へ　お神酒も上げ正月らしきことしたりけり

一月二日（土）

今日は元夫と二人だけの百か日法要。ご住職は八時四十分ころ到着。初めて聞くお経だったが女性を救うお経だそうだ。だいたいの人は一周忌まで月命日の法要をするそうなので、私もそうすることにした。

日出美もできることなら生きたかっただろう。日出美がそこにいるのに、ある先生から「国費でもないのに、こんな子にこんな研究をさせてあの先生もバカだね」と聞こえよがしに言われたことがずっと頭にあっただろう。もうひとつは培地の値段を気にしていた。実験をあまり熱心にするものだから、培地を消費するベストスリーに入って注意されたようなことを言っていた。お金のことを気にしていたが、今から思うと学費を払っているのだからそんなことどうでもよかったのだ。

だが、気遣いをする子だったからいろいろなことにいろいろ悩んでいたのだろう。逃げ道を探すことができる子ならば逃げていただろうが、日出美はそうしなかった。

日出美の百か日法要済ませても百日といふ単位分からず

一月四日（月）

日出美の夢を見ない。夢でも話したい、謝りたい、日出美の気持ちを聞きたい。

何か罰が当たっているのだろうか。罰が当たるのなら私に当たればいい。なぜ一番大事な日出美を死なせたか。それは私が一番苦しむことだからだろう。なぜこんな苦しみを与えられるのか。

今朝薬をのみ忘れたせいか、ずっと苦しく悲しく駅まで歩く間も、S病院で待つ間も泣いていた。先生は五十分ほど話を聞いてくださり「あなたが電話でうまく対応できてお嬢さんが帰ってきたとしても、もっと悲しんだのではないか。いろんなことが一度に重なってしまったのだろう」とおっしゃった。日出美の苦悩は私の想像をはるかに超えたものだったのだろう。私はどうしてやることもできなかった。どうしてそんなに苦しまなければならなかったのか。私はどうして助けようとしなかったのか。

重症のウツ状態となり嘆き悲しむ私を見て、カウンセラーさんが「自死は残酷ね」とおっしゃった。残された者は自分を責めてどんなに苦しむか、この世の苦しみにのたうち回っているか。

一人子を死なせてしまひし苦しみと悲しみに心あぶられてをり

一月五日（火）

江島神社に思い切って行ってきた。昨年の一月一日は雪の中を日出美と共にお参りした。海も荒れていたが、今日は凪いで三月下旬のお天気だそうだ。

薬をのんでいても苦しくて泣きながら江ノ島への橋を歩いた。海を見ながら小声で娘に呼びかけた。あんなにまじめに努力して生きた子がなぜ死ななければならなかったのか。

友よりの電話に命支へられ一日一日生きてをるなり

一月六日（水）

日出美に心配をかけないためには、天国に幸せに暮らしていると思うしかない。私がいつまでも過去をふり返っていると、娘を過去の苦しみに引きずり込むことになる。私も苦しいが、それ以上に日出美を苦しめていることになる。

朝昼と娘を恋ひて泣きにけり身に底なしの悲しみありて

一月七日（木）

娘のマンションの賃貸保証会社から、十月分の家賃と原状回復の仕事が終わったからその代金を支払ってくれと言ってきたので驚いた。十二月、管理会社に請求通りの多額のお金を支払ったのにどういうことか。その後家賃だけ払えばよいと言ってきたので、おかしいとは思いつつも支払うことにした。こんな電話でも不安でどうしようもなくなる。我が子を亡くしてからの不安や悲しみはどうしても抑えきれない。

七草がゆ供へて帰り来ぬ娘はいづくの春の野にあそべるや

一月十一日（月）

今日も胸がざわついている。日出美の死が受け入れられない。

電話で心理カウンセラーさんと二十分間話す。「どんなに辛くても生きて供養すべきだ。それがあなたの役目だ」と言われた。私の言い放った言葉に強烈な母の愛を感じる。逆上の裏に母の愛がある。娘もその母の愛情を分かっていたはずだとおっしゃった。日出美はこの世での仕事を終えて逝った、これも運命だとも。この方の言葉を泣きながら聞いた。

子の言ひし「ひとりぼつち、逃げ出したい、もう嫌だ」ひとりぼつちが谺してゐる

一月十四日（木）

日出美の遺骨はたしかに傍に居てくれる。抱くと重い。日出美の身体を形成していたものと魂が確かな重量としてこの世に存在している。

この世には在らぬ命と魂の重さ抱くごとく骨壺を抱く

一月十八日（月）

七時前のニュースで大雪警報が出ていなかったので学校へ向かうが、最寄り駅に着くと入場制限がされていてホームに入れなかった。学校に電話すると授業は三時間目からとのこと、お帰りくださいと言われた。

仕方がないので、診察は二時からだったがS病院へ向かう。キャンセルが出て十一時半からの診察となったが、先にカウンセリングを受けてずっと泣きっぱなしだった。

先生から、娘は私の言葉で死んだのではない、天国で幸せに暮らしていると思ってよいのではないか。親離れ子離れして、娘さんは天国で生き、おかあさんはこの世で生きて天寿を全うすると考えた方がよいと言われ、入院を勧められた。

入院したくないので薬の量を増やすことになった。辛くなりそうだと思ったときにのむと後が楽になる。辛いのを我慢する必要はない。依存性は全くないから心配しないでよいとのこと。先生の言葉を信じて指示どおりにしていればよいのだろう。

右てのひらが痛い。毎日四、五時間も日記を書いているのだから書きすぎだ。だが、書くことでしか時間が過ごせない。

悲しみと苦しみのあまり強ければ薬の量を増やされにけり

一月二十一日（木）

職員室を出るとき、保健室の先生が階段のところまで手をとって付き添い「一人じゃないから」と励ましてくださった。

駅で東海道線を待つ間にどうしても不安でたまらないので、薬をのんだ。今のところこの薬を一日に二回のんでいる。午前中と夕方、あるいは夕食後。右手の痛みは治らない。

薬の力を借りて乗り切らねばならぬ命の瀬戸際なるか

一月二十三日（土）

今日は十五時頃から雪の予報だ。

市の電話相談に電話。「人の三倍のスピードで生き急いだ。重症のウツ病にかかったのも寿命だった。三倍だったら九十歳、寿命を全うした」とおっしゃった。「お嬢さんはいつもの強いおかあさんになることを望んでいる。自分のせいで嘆き悲しんでいると思うから、強いおかあさんでいるように」とも。でも今は弱い弱い人間となって泣くことしかできない。私は自分のために泣いているのだろうか。誰もが私が殺したのではないと言ってくださるが、そうは思われない。

まこと弱き人間となり誰彼に電話かけては泣きてをるなり

一月二十四日（日）

不安感が強くなったので、市の電話相談に電話。やさしい声の人が対応してくださった。「娘さんの人生は短かったけれど、プライドを持ったすばらしい人生だった。残した研究は娘さんの子どもだと思って大切に育んでほしい。娘さんの跡を継いでくれる人が来るまで育んでほしい。娘さんのために生きることを考えてほしい」とおっしゃった。「職場の人が分かってあげなかったことや仕事の量などさまざまなことが考えられるが、あなたは精一杯のことをしてあげていたはずだ。立派な素晴らしい娘さんだった。あなたも娘さんと同じように我慢するタイプのようだから我慢しなくていい。ぐちでもなんでもいいから電話してきてください」とおっしゃった。

今日の電話ではだいぶ泣いた。やさしい人だった。日出美の母としてプライドを持って生きることをすすめてくださったが、頭では分かるけれど、今はできない。私のこの症状はいつまで続くのだろう。また右手が痛くなっている。

天国に子は幸せにゐると信じむ信じてをれば真実とならむ

一月二十五日（月）

今朝三時頃目が覚めてトイレへ行き、その後少しまどろんだようで日出美の夢を見た。小さな部屋に何人かいたが、日出美はこれから手術に行くと言って白衣を着ていた。皆さんが「頑張って」と声をかけているのを見て、かわいがられているのだと思った。私が「手術室は寒いから白いズボンをはくのでしょ」と言うと「ウン」と返事したが、そのあたりで目が覚めた。日出美がにこにこしていたので嬉しかった。生きていればこうして夢を見られるのだ。

寒空に月皓々(かうかう)と照りをりて身に刺さるほどの孤独感あり

一月三十日（土）

いったん目が覚めるともう眠れない。これ以上考えてもどうにもならないことをいろいろ考えてしまう。娘がこの世にいないことが一番辛い。自死者が毎年一万人いるとして、その何倍もの自死遺族がいる。自死遺族は累々と増えてゆく。

亡くなりてなほ我と在る家族らの誕生日今年もカレンダーに記す

一月三十一日（日）

市の電話相談。私が泣けないのは緊張感と罪悪感があるからだそうだ。電話しながら泣けるのは緊張がほぐれて心がゆるんでいるからとのこと。電話にはそれだけの効果があるのだから何度でも電話してくださいとおっしゃった。

今はあちこちに電話して泣いて耐えていくしか生きる道はないのだろう。嫌がられても面倒がられても電話するしかない。

見ず知らずの人さまの電話に泣き嘆きやうやく今日を生き延びにけり

二月一日（月）

仕事終了後、S病院へ行く。死にたい気持ちが強いが、一方で生きねばならぬという気持ちもあって揺れ動いていると話す。先生から仕事は続けるように言われた。枠がないと日出美のことばかり考えてしまって駄目なのだそうだ。入院も勧められた。

私はショックによるウツ状態という症状で、本当のウツ病ではないそうだ。薬も一年くらいのめば後はのまなくても大丈夫になるかもしれないとのこと。人によるので一概には言えないが徐々にのまなくなるか、のんびりのまなかったりするかでだんだん減ってゆくのだそうだ。今は指示通り薬はのんでいた方が楽だ。そのうちのまなくても大丈夫になるのなら安心していてよい。

カウンセラーさんに泣けないのはなぜかと問うと、悲しみが深すぎるからだろうとのこと。カウンセリングや電話では泣けるのに不思議なことだ。

ショックによるウツ状態と言はれたり薬のまねば耐へられぬ悲苦

二月八日（月）

朝から日出美を思って苦しい。胸に穴が空いて痛い。

私が不安になるのは脳がちゃんと機能していないからだそうだ。原因は脳にあるとのこと。薬で改善するしかないのかもしれないが、量が増えるのは怖い。ちょっとしたミスや忘れ物をするのは薬のせいではないらしく、病気で集中力が無くなっているからとか。医師の指示通りにしていけばちゃんと止められるので心配しなくてもよいとのこと。今は薬に頼るしかないのかもしれぬ。


過去を向けばたちまちくづるる生くる覚悟まことにもろくわがうちにあり

二月九日（火）

仕事に行く前に市の電話相談。やさしげな声の女性が応対してくださった。この方も五年前にお嬢さんを亡くされ、ご自分のことを「影の殺人者だと思っている」とおっしゃった。私と似ていると思い、話しながらしぜんと涙があふれ、仲間がいたという気持ちになった。

十四時過ぎに職場のスクールカウンセラーさんと話し、その後小会議室で副校長先生と話す。今年の講師も先生に頼みたいと何度もおっしゃり「十時間はどうですか」と言われたが、今はそれだけの気力がないので無理ですとお断りした。結局、週二、三日で古典を四〜六時間という条件で引き受けることにした。

スクールカウンセラーさんが「透明人間の娘さんがおかあさんを支えていますよ。誰も死んだことが無いから天国があるかどうか分からない。分からないからあると思ってもよいのでは。十分に存在すると私は思う」とも。私もその意見に賛成だ。天国はある。

浄土と言ひ天国と言ふ異国あり外国よりも遠き国なり

二月十一日（木）

夢の中で日出美が帰って来てくれた。ふすまが開き、オフホワイトのスーツを着た日出美が照れたような笑顔で「帰って来た」と言った。紙袋を一つ提げ、紙筒のようなものを持って立っている。学会からの帰りだろう。私の方は向かず、斜め前を見ているようだがいつものやさしい笑顔だった。帰って来てくれてほんとうに嬉しかった。この夢で目が覚めた。幸せな気分だ。生きていればたまにでもこうして日出美の夢が見られる。

日出美が生きていた頃の幸せな時間はもう絶対に訪れない。いや、そんなことはないかもしれない。日出美の死を受け入れ、思い出を思い出として楽しく思い出されるようになれば、その思い出をたどりながら幸せな時間を持つことができるだろう。早くそうなりたいものだ。生きていくためには前を見るしかない。今は苦しくて涙も出ないが、そのうちたくさん泣けるときも来るだろう。

夢の中にスーツ姿の子と会ひて声も聞きしをことほぎてをり

二月十八日（木）

今朝方、目覚めていたので夢ではないと思うが、突然日出美が現れて抱きしめてやることができた。日出美が腕を広げてきたように思う。いや、私が腕を広げたのか、そんな不思議な感覚があった。オフホワイトのスーツを着ていた。私は幼児期を除いて娘を抱きしめたことがない。何となく恥ずかしいし、大仰な気がするからだろう。今朝、夢かうつつか分からないけれども娘を抱きしめることができてほんとうによかった。

ああ夢かうつつか娘を抱きしめてほほに触れたるやはらかき髪

二月二十一日（月）

今胸が苦しくなっている。テレビの雪景色を見て家族でスキーに行ったことを思い出したからだ。何かの拍子にすぐ刺激されて辛くなる。楽しく幸せだった思い出もすべて悲しみにつながっていく。こういうことは当分続くのだろう。病気の快復もそう簡単にはいかないのかもしれない。

私の世界と世間とは違ってしまった。日出美と私の世界にはもう現実は存在しない。現実でない世界に二人でいる。それを強く思えばいいのに、視界に入るものすべてから大きな刺激を受けて自分の心が揺らいでしまう。

子を亡くし胸にてのひらほどの穴あきて痛めり比喩にはあらず

二月二十四日（水）

市の保健所に相談に行く。今日の医師はウツ病の治療について、麻酔を打って電気でけいれんさせるという話をされた。それでよくなる人もいるのだとか。入院するとその治療ができるとおっしゃった。そんなおそろしいこと絶対嫌だ。入院はしない。

この医師がおっしゃるには三回忌くらいまでは立ち直れないそうだ。一年目は泣いて暮らすのだとか。泣いて暮らせる人はよい。私は涙さえ出ない。無理をするな、あせるなと言われるけれども、無理をしてでも天国を信じるしかない。

今度S病院の先生に、処方された難しい名前の薬はのんでいないことを言わねばならぬ。その薬をのむと一日中頭にもやがかかったようではっきりしなかったことや、脳の周りがもやもやしていた感じを言わねばならぬ。仕事のことも先は分からないが、とにかく働いてみよう。日出美が助けてくれるだろうし、いざというときは辞めても軽蔑はしないだろう。

子を亡くししショックによるとふウツ状態薬のみても薬は効かず

二月二十五日（木）

今朝は雪が舞っていた。月命日のお経は九時からだったが、ご住職と話しても涙も出ない。以前はよく泣いていたのに。

横浜に電話相談。日出美が研究で人の役に立とうとしたことを少しでも多くの人に伝えるのが私の役目だとおっしゃった。いつかそうできるようになりたい。電話したときやわかちあいの会に参加したとき、やさしい人たちに出会えるのは日出美が守ってくれているからだそうだ。私も研修を受けてわかちあいの会のスタッフになりたい。

娘は医師になってからもいろいろな勉強会に参加して活動していた。すべて人の命を守るための活動だったし、研究も難病の患者さんを救うためのものだった。日出美のやったことはすべて人のためだったが、私のやってきたことはすべて自分のためだった。古典の勉強や短歌訳も。今それに気づいた。日出美が教えてくれるのは「人の役に立つこと」なのだろう。

希望の歌うたはむとして見上ぐればうす水色の空あるばかり

二月二十七日（土）

今日の電話相談員さんはお子さんを亡くされた方だったが、お子さんが魂として身近に存在しているのを常に感じているのだそうだ。そうなるのに三十年かかったとか。私の場合は電話して人の話をよく聞いているので、もっと早く娘と一緒に生きていることを実感するだろうとおっしゃってくださった。この人の言葉を信じよう。

娘より至上の愛を与へられぬ死してなほ傍にゐてくるるなり

二月二十八日（日）

午後、娘の中高時代からのお友だち二人が都内からお焼香に来てくれた。二人ともとても元気そうだったのでよかった。お花とゴディバのクッキーをいただく。

日出美が豊島園のゲームに夢中になっていたこと、試験の時はいつも勉強を教えてもらったことなどを話してくれた。また、誰も日出美が怒ったところを見たことがなく、女神のようだったと言ってくれた。私のことも、先生をやっていて厳しいけれどしっかりした人だと言っていたとか。それから「母にも自分の恋愛事情を話すんだ」と言ったので、「自分たちは親には話さないのにずいぶん仲がいいんだと思った」とも話してくれた。

私の知らない娘の話が聞けて嬉しかった。日出美も彼女たちと一番仲が良かったから来てくれたことが嬉しかっただろう。よかった、よかった。

私も胸のざわつきはあったが、落ち着いて話を聞けたのでよかった。痛む胸の中に感じるお椀のような形のものは何だろう。自分でも分からない。


子を思ひて苦しくなりし胸のうちに言葉にならぬ悲しみのあり

二月二十九日（月）

曹洞宗の「祈りの集い」でお焚き上げしてもらうために、二月六日から書いてきた手紙を今日の分まで書いて投函してきた。私の思いはきっと届くだろう。

私は悲しみと現実を直視していない。私の心の中にはブレーキがかかっていて、現実を受けとめようとする心構えができていない。逃げていると言えば逃げている。逃げなければこの苦しみに耐えられない気がする。自分の心の中の半分あたりの所にふたをかぶせて、その奥に入れないようにしている。自分はそのふたの上で何とか今日の苦しみを乗り越えようとしているのだ。それが胸の中のお椀なのだろうか。

「いつか必ず日出美と一緒に生きていると実感できる日が来る」ことを信じて生きる。そういう日が来れば生きることができる。

　娘への手紙便箋一枚を毎晩毎晩書き続けをり

三月二日（水）

今日は私の誕生日だが、母にお礼を言っただけで何もしないことにする。生まれて初めての一人きりの誕生日だ。

昨年は日出美がヨコハマグランドインターコンチネンタルホテル（娘はインターコンチと言っていた）の中華レストランで祝ってくれた。あいにくの雨で眼下の海が見えず残念だったけれど、晴れた日にまた来ようねと約束した。食事しながら和泉式部（『和泉式部日記』）、藤原道綱の母（『蜻蛉日記』）、久我雅忠（源雅忠）娘（『とはずがたり』）の三人の性格をその作品から比較してみたいなどと話したのを覚えていたのだろう、娘が三月二日午前零時十分に「これからも新しいことに挑戦してください。応援しています。」というメールをくれた。

この日、娘はオンコールなのでそのまま新宿に帰って行ったが、幸せな時間を過ごすことができた。食べたいと言ったので作ってくれたナッツたっぷりのパウンドケーキもこうばしくておいしかった。親孝行のやさしい娘だった。私の自慢の娘であり、誇りでもあった。その娘を亡くしたことはほんとうに辛い。辛いと言ってもまだ表現できない辛さだ。日出美がいたときの私には幸せが当たり前にあった。

娘はあまりに一途すぎて融通が利かなかった。それが死の一因かもしれない。どんなにたいへんでも逃げ出す事をしなかった。

子と同じスマホの着信音聞こえ音のせし方見回してをり

三月三日（木）

これは私の想像だが、日出美はおそらく何もかもにすごいプレッシャーを感じていたのだろう。世界初の研究でそれなりの成果をあげたが、過労と研究内容に合った指導がなされず、その上へ行けなかったことが死の主な原因だろう。取りつかれたように研究していたと人から聞いたが、もう自分で自分の肉体の限界も精神の限界も分からなくなっていたのだろう。シルバーウィーク中、私はそばにいながらそれに気づいてやれなかった。いや、気づかないふりをしていた。体調が悪いと言ったのに、どこがどういうふうに悪いのか聞いてやらなかった、今できることをしてやらねばと思いながら、結局何もしてやらなかった。日出美の告白から四十日があっという間に過ぎていった。

一人子を自死させし罪は深かりき蜘蛛の巣に雨粒きらめきながら

三月十日（木）

今トイレに立ってふっと思ったのだが、日出美が「先生として頑張ってるおかあさんも好きだけど、家で勉強してるおかあさんも好きだよ」と言ってくれたような気がした。無理して働かなくてもいいよと言ってくれているのだろう。日出美がそう言ってくれるのなら働くのを止めて家で勉強してゆこう。日出美は働かない勇気をくれた。ウツ状態が治るまで無理はしないでいよう。気ままでいることがたぶん一番の薬だ。病気を治してから何か人さまの役に立つことをしよう。自死遺族の会に入って、わかちあいの会のスタッフになろう。私のように嘆き苦しんでいる人のそばにいてあげたい。そういう活動をしていれば社会とのつながりもできる。日出美も喜んでくれるだろう。

ある相談員さんから普通に暮らせるようになるには目安として三年はかかると言われた。多くの人がそれくらいかかっているらしい。よくなったかなと思っていると記念日反応というのが起こるそうだ。特に一周忌の頃はどんと落ち込む人が多いとか。私もそうなるのだろう。

子とともに生くるといふはこのことか娘の言葉を胸に聞きたり

三月二十一日（月）
庭の君子蘭が傷んだ葉の間から花を咲かせようとしている。私も頑張らなければと思った。

花として咲きたきやうに咲かむとする姿見よとふ君子蘭かな

三月二十四日（木）
毎日電話して励ましてくださるHさんと待ち合わせて娘の母校に行く。校長先生に歌集をお渡しした。日出美は図書室のコーナーでずっと生きるとおっしゃってくださった。音楽と数学の先生も挨拶に来てくださった。教務主任の先生は化学部の顧問でいらしたそうで「白衣姿で穏やかに微笑んでいた針馬さんをよく覚えています」とおっしゃってくださった。礼法の教室にも案内してくださり「礼法のときの所作がとても優雅だった」とほめてくださった。卒業して十五年になるのに、日出美は先生方の胸の中でしっかり生きている。中高一貫校で六年間ご指導いただいたおかげだろう。図書室は静かで重厚な雰囲気だった。この中で娘が生きてゆくことができるのは何と幸せなことだろう。

さくら咲くこの学園の図書室にとはに生くるを許されにけり

三月二十八日（月）

S病院に行く。薬への依存度が強くなったように思うが、止められない薬は使ってないそうなので先生の言葉を信じよう。辛くない日は来るのかと問うと、病死の場合で一年が一区切りだそうだ。私の場合は自死だし、親子の関係が深かったから長い時間がかかるかもしれないとのこと。カウンセラーさんにウツ病とウツ状態の違いを質問した。ウツ病は原因ははっきりしないがウツの状態が続き、薬が良く効くのだそうだ。ウツ状態はウツ病ではないがウツの症状があり、原因ははっきりしているけれど薬は効きにくいのだそうだ。日出美もウツ状態だったのだろう。

不安不眠訴ふるたび増えてゆくウツ病の薬指示通りのむ

三月二十九日（火）

電話相談員さんで何十年も前にお嬢さんを亡くされた方がおっしゃった。今でも何でも対話するとのこと。「このいちご赤くてきれいね」とか、服を買いに行けば「おかあさんは何色が似合うかしら」とか、そんな言葉をつねにかけていらっしゃるそうだ。私も真似しよう。

今日は息子さんを亡くされた方とも話ができた。その方もずっと死にたいと思っていたが「息子は精一杯やって亡くなったのだから、その精一杯やったことを認めて毅然と生きようと思った。息子が亡くなった今、息子のためにできることは冥福を祈ること、息子が望むだろうことをやろうと思った。息子が望むこととは自分が生きることだと思った」と話された。その方も生きていれば亡き子と一緒に生きていると実感できる日が必ず来るとおっしゃった。そう思えるのに三、四年かかったそうだが、私もその言葉を信じて生きてゆくしかない。

子は傍にゐると思へと言はるれど目に見えざればいかに信じむ

三月三十日（水）

麻酔科教授から昨年のサンディエゴでの学会のことと、日出美の研究について電話で教えていただいた。

日本の麻酔科医の会員は一万人、米国は十万人だそうだ。そのうち一割が論文を出す。名前と所属が分からないようにタイトルと内容だけを提出し、五段階評価がされるそうだ。①と②は足切り、③と④は出してもよい、最優秀賞は⑤の二重丸がついたものだけが選ばれるそうだ。それならば日出美は一万一千の論文のうちの十名として選ばれたということか。教授が学会に参加して最後まで聴取したが、他の九題は三年くらいかかって結論を出した完成された論文だったそうだ。日出美の「悪性高熱症から分離したｉＰＳ細胞と骨格筋細胞を用いた悪性高熱症の解析」という論文は、わずか一年で未完成だったけれど、いろいろな可能性を秘めたものだった。創薬、全身麻酔をしないで採血だけで分かるとか、いろいろなことをおっしゃっていたが忘れてしまった。それだけいろいろな可能性を秘めたすばらしい研究だったと言ってくださった。それから、麻酔科の人たちほぼ全員一致で針馬日出美賞、特別賞のことが決まったそうだ。

日出美は人が三年かかる研究を未完ながら一年でやったのだから大変な努力をした。その気持ちを思うとどんなことがあっても私は死んではならない。

生理学教授からいただいた弔文は決して儀礼的なものではなかったのだ。

「おかあさん頑張つて生きてわたしはここにゐるよ」　娘の声か

三月三十一日（木）

胸の痛みは日出美の心の痛みだと思えば耐えられる。私の胸の痛みより少しでも痛くなかったことを祈りたい。こんなに苦しく痛いのではかわいそうだ。これからは少しずつ私を助けてくれるだろう。胸の痛みに包帯を当ててくれるだろう。痛みに耐えれば日出美と一緒に生きているると実感できるようになる。

副校長先生と保健室の先生が異動なさる。娘の死の直後からたいへんやさしく接してくださったので、お会いできなくなるのが不安でもあるし、寂しくてしかたない。

我がつけし娘の心の傷口に薬やさしく塗りてやりたし

四月三日（日）

私は日出美に目標を持って生きなさいと言い続けてきた。今度は私が目標を持って生きる番だ。わかちあいの会のスタッフになる。必ずなる。そう思って生きていこう。

生きてゆくほかなき我を支へくるる子との心の絆深かれ

四月五日（火）

電話して息子さんを亡くされた方とまた話すことができた。「七ヵ月の頃は死にたいとばかり思っていた。九ヵ月目にふと息子がいると感じた。二年目頃から何かのときに息子がいるように感じるようになった。五年目頃からは自責の念よりも愛おしさの方が勝ってきて、思い出も宝物のようになった」と教えてくださった。七年経った今でも自責はあるそうだが、この自責は息子のために忘れてはならないものだとも。初めは抱えきれないほどの激しい自責だったが、今は抱えられる自責になっているそうだ。家族はいるが悲しみの温度差があるので孤独は孤独とのこと。「あなたも今は悲しみの方が強いから感じないかもしれないけれど、お嬢さんはそばにいるかもしれませんよ」と言ってくださった。

三年目には笑えるようになるのだそうだ。私も三年目には笑うのだろうか。寂しいけれど一人で生きていくことができるのだろうか。その方は「できる」とおっしゃった。

目に見えぬだけのことなりさう思ひ子の亡きことに耐へてをる日々

四月十八日（月）

窓際に向かって座っていると日出美の笑顔の写真が見える。それが悲しく辛い。早く一緒に生きていると実感したい。実感できれば日出美も日出美の物もいとおしくてならなくなるのだろうに、今はまだ苦しみの方が先に立つ。「いない」という現実が胸に突き刺さるからだろう。確かにこの世にはいないけれど「天国に幸せにいる」のだ。これは何人もの人が真実だとおっしゃっている。だからそれを素直に信じればよいのに、なかなか信じられない。

これの世を去りし娘のあしあとの残れる道はいづくにあるや

五月二日（月）

今晩から遺骨にはバスタオルを掛けることにした。毛布ではもう暑いだろうから。五月はこどもの日、母の日など楽しい思い出がいっぱいある。日出美はほんとうによくしてくれた。それを思うとまた胸が締め付けられる。

いつか必ず一緒に生きていると実感できる日が来る。苦しくてもその日を待とう。待つ日々は、日出美と一緒に生きるのにふさわしい人間となるための修行の日々と思おう。一日耐えれば一日その日に近づくことになる。そう思って生きてゆこう。

苦しむも供養のひとつと言はれたり愛するゆゑに苦しむなれば

五月九日（月）

今日はわりあい平常心で授業できた。私語がうるさいが特に悪い子はいない。私の字が小さくて見えないと言われた。大きく書くよう心がけねばならぬ。

近くに来た女生徒から「先生、ちっちゃいねえ」と言われて「うん、そうだね」と返事して他の生徒から笑われた。背も低くなったし、体も日出美がいたころからすると十キロ近くやせたけれど、生徒が笑ってくれてよかった。日出美が喜んでくれるからと思って授業すれば、その時間だけは思いつめなくてすむ。それは私にとってもよいことだ。


生徒らの笑ひ声聞きて少しばかりここちよき風吹きてきたるや

五月十四日（土）

カウンセラーさんに、ウツ状態は回復するかと問うと「回復するとは言えない。娘を亡くした悲しみが消えてなくなるわけではないから、回復ではなくやわらぐというようなことだろう」とおっしゃった。

私は最近頭がとても悪くなってすぐ忘れてしまう。早くウツ状態から回復して頭をしっかりさせたい。心がしっかりすれば頭もしっかりしてくるだろう。まだまだ先のことになりそうだが。

一日を生きがたかりけりさ思ひ(も)つつ一日一日生きながらふや

五月二十日（金）

今、日出美の本棚の文字（ファイルの背に手書きで「基礎診断学」と書いてある）に目が行ってしまった。置いてあるから見ないわけにはいかないのだが、また悲しくなった。一方でこの文字がこの世に残されてよかったとも思った。いずれはその感情の方が強くなるのだろう。「この世に残されてよかった」と思う感情は、日出美が亡くなって初めてだ。今までは目に入ったものが刺激となって胸が痛くなっていたけれど、この感情は一つの進歩のように思われる。日出美が近づいて来てくれているのかもしれない。私の目には見えないけれど、まだ感じないけれど、日出美がいるのかもしれない。

「おかあさん」と呼ぶ声聞きぬたしかに娘の声に呼ばれたる真夜

五月二十二日（月）

相談員さんに空を見上げるように言われた。空に亡き人の笑顔が見えればその人は天国にいるのだそうだ。そう聞いて初めて空を見上げた。見上げた空に日出美ちゃんの笑顔が見えたような気がした。天国に日出美はいる。元気に幸せに暮らしている。そう信じよう。

天国は空に在るかや青空を見上ぐれば娘の笑顔がみゆる

六月十一日（土）

S病院に行く。先生から副作用の出るほど強い薬は使っていないから辛いときは薬に頼ってもよいと言われた。

日出美が亡くなって初めての誕生日は、無事に過ごせるかどうか不安でたまらなかったので、毎晩電話してくださるHさんに病院まで来ていただき、お昼を一緒に過ごした。遠い所まで迷惑をかけてしまったが、快く対応していただき、ほんとうにありがたかった。

今日は子の誕生日なり天国の仲間にあたたかく祝はれをるか

六月十二日（日）

カウンセラーさんから、日出美が守ってくれていないと今頃は強制入院させられていると言われた。それだけ必死に守ってくれているのだろうし、私の状態も悪いのだろう。家の中でたくさん独り言を言って日出美と対話するようにも言われた。今の私は日出美の力がなければ生きていけない状態だ。

子を亡くし苦しみ抜きし八カ月半　ウツ病の顔となりてをるなり

六月二十三日（木）

文法の授業でずっと板書したため、椅子に座れず脚が疲れてしまった。右膝が痛んでいる。授業終了後、生徒から「授業が分かりやすい。一年の時に分からなかったことが今分かった」と言われて嬉しかった。女生徒があめ玉をくれたことも嬉しかった。

古典文法教ふるときはかろやかに　カ変サ変ナ変ラ変はらりりるれれ

六月二十五日（土）

Ｓ病院の先生が「これだけおかあさんのことを思っているお嬢さんはいない。おかあさんのことをちゃんと見ていますよ」とおっしゃった。日出美が守ってくれているからこうして生きていられるのだろう。それを分かっておっしゃってくださったのだ。

先生は、私のウツ状態は年単位でしか治らないだろうとおっしゃった。今でも死にたいと思うかと問われたので、そう思うと答えた。

「こんなにもおかあさんを思つてゐる人はゐない」精神科女医目を見て言へり

七月一日（金）

日出美のものを見たり触れたりすると胸が締め付けられる。これはどういう反応かよく分からないが、以前からそうだ。なかなか治らない反応だ。だが、机上のものは少しだけ見られるようになった。パッとしか見ないが、見ても胸が締め付けられるようにはならない。ほんの少しだけ慣れてきたのだろう。日出美と共に生きていると実感できれば、すべてのものがなつかしくて胸も締め付けられなくなるだろう。

日によりて刺激となるもの異なればその都度胸は深く痛みぬ

七月九日（土）

今日の相談員さんは自死遺族の方だった。苦しみ、悲しみ、寂しさ、自責の念は乗り越えられるものではなく、月日が経つうちにそれらと上手に付き合っていくことができるようになるとおっしゃった。苦しいことや子どもを思う回数も減ってゆき、一日中思っていたものがある日、何回かしか思わなくなり、またある日は一回も思わなかったという具合になるそうだ。そしてそれを遺族は「悪」と思うのだとか、私もその気持ちは分かる。

S病院の先生によるとウツ状態はウツ病と同じだそうだ。私はストレスでウツになっているので回復はしやすいとか。しかし、ストレス、つまり娘の自死によるショックはそう簡単に消えるものではない。娘が天国で幸せに生きていることを信じることができれば、少しずつ回復してゆくだろう。とにかく目に見えないものでも信じることだ。

電話相談員の皆さんも懸命に苦しみに耐えて生きて来られたのだ。私も皆さんのように生きていかねばならぬ。どんなに辛くても苦しくても生きていれば日出美が喜んでくれる。

この胸の痛みは娘の耐へてゐし心の痛みとおなじものなるか

七月十七日（月）

日出美の夢を見て目が覚めた。五時半だった。私が車を運転し、日出美は助手席で右、左と道を教えてくれている夢だった。何を話したか内容は忘れてしまったが、話した夢が見られて幸せだった。日出美が道案内をしてくれたが、今後もこのように道案内されながら守られながら生きていくのだろう。夢で「道案内するよ、守っているよ、一人じゃないよ」と教えてくれたのだ。ありがとう。日出美は私の心の中にいる、そばにいるという幸せなことを考えているのに胸が苦しい。心の中の動きは自分でも理解できない。それがウツ病なのだろう。

あたたかくやさしき娘にありしこと知らするやうに咲けるなでしこ

七月三十一日（日）

娘への最後の電話で「あんた一人で責任を負いなさい」と言ったことを思い出した。今までは言われた娘の気持ちを考えたことはなかったが、今日は言われた娘の気持ちを思って苦しくなっている。「ラボの九階への階段を上っているときみんなの笑い声が聞こえて来て、独りぼっちだと思って涙が出た」と言ったことも思い出した。そんな孤独の中で死んで行ったのだ。死の前日「独りぼっち、逃げ出したい、もう嫌だ」と泣き叫んだ娘の声が今も耳に聞こえる。

ふたたびは帰らざる子の恋しくて神にも仏にもすがりをるなり

八月二日（火）

今日は以前「愛しています、許してください、ごめんなさい、ありがとう」とつねに声に出して娘に伝えるようにと教えてくださった相談員さんと話せた。「今話しているのは私ではありませんよ、お嬢さんが話しているのですよ」と言って、いくつかの慰めの言葉をおっしゃり「おかあさんを抱きしめていますよ」と言われたので「私も娘を抱きしめています」と言いながら涙が出た。実際には肉体を感じないけれど自分の胸を抱いて日出美を感じた。この方と話せてはじめて穏やかな気持ちになれたような気がする。

わが胸の中に娘はゐるといふ感覚得たり笑顔にをるを

相談員ゆ娘の言葉として聞きしいくつかの愛に涙こぼるる

八月五日（金）

昨夜日出美の夢を見た。内容は忘れてしまったが、私の布団の横に寝ると言って肩が触れたことを覚えている。たしかに日出美の肩の感触だった。

夢の中に娘の肩と触れしことまがふことなき娘の肩ぞ

八月八日（月）

日出美の夢を見た。医者を辞めて米国に留学することになったのを喜んでいるという夢だった。夢の中の嬉しそうな笑顔を思い出して、医師も研究も辞めさせればよかったと後悔した。

最後の電話で、土曜日に別の心療内科に行くと言っていたことも思い出した。
仕事に研究に毎日一生懸命に頑張っていた子がウツ病になって自死するなんてあまりにもむごいことだ。

アメリカに留学せむといふ娘の夢みたりけり笑顔に言ふを

八月九日（火）

日出美が私の胸の中にいることを信じられるようになった。胸が締めつけられて苦しいけれど、笑顔の日出美が胸の中にいるのが見える。それだけでも進歩した。いずれは一緒に生きていることを信じられる日が必ず来るはずだ。いや、もう一緒に生きている。日出美が胸の中にいるということは一緒に生きているのと同じことなのだ。

目をつぶり娘の笑顔の見ゆるならば心の中に生きてをるらし

八月十六日（火）

今日は、一年前、日出美が話があると言って帰ってきた日だ。いろいろ思い出して胸が痛い。あらゆるところの電話相談に電話するがどこもつながらない。自分でこの苦しさに耐えよということなのだろう。

遺影の子に幾度も愛してゐると言ふ幾度もごめんね許してと言ふ

八月十七日（水）

昨夜は寝つくときに「おかあさん」と呼ぶ声がはっきりと聞こえた。日出美の声だと思う。私も「日出美ちゃん」と声に出したが、しばらくして寝ついたようだ。不思議な体験だ。日出美の声を忘れてしまっているのだが、あれは日出美の声だ。普通の声の感じで「おかあさん」と呼んでくれた。昨日一日、いろいろ思い出して苦しんだ私を慰めにきてくれたのだろう。

「おかあさん」と呼ぶ声聞きて「日出美ちゃん」と返ししも夢かうつつか　夢か

八月二十二日（月）

日出美は懸命に私を助けようとしている。肩に触れてくれたり声をかけたりしてくれる。電話もつなげてくれる。この気持ちに応えねばならぬ。

日出美が亡くなる十一日前、お墓参りに行った帰りに光に包まれた父母や弟たちの姿を見た。父母たちは日出美を迎えることを教えてくれたのだろうか。父母たちでさえ日出美が亡くなることを止められなかったのだろうか。日出美はあの光のようにして私を迎えに来てくれるのだろうか。

子と二人歩きてをると信ずれば傍にゐる気配かすかに感ず

八月二十五日（木）

月命日最後のお経を上げていただいた。日出美の遺影と向き合っていると、私も微笑んでいることに気づいた。それほどやさしくあたたかく娘は微笑んでいる。一ヵ月後は一周忌だ。信じられない気がする。ご住職にどうして過ごせばよいかと問うても答はない。答を出さないのがこの宗の教えなのだそうだ。

「一日生きれば一日死に近づく」ことに気づいた。苦しくても今日を生きれば一日早く日出美の許に行ける。そう考えれば生きることも苦しくない。

今日も一日生きて娘に一歩づつ近づきにけり明日もまた一歩

八月二十八日（日）

今日は日出美の机上の文具たちを触ることができた。いとおしい気がした。

なでしこが好きと日記に記しゐし娘よ花言葉は真実の愛

九月十三日（火）

昨晩は眠れなかった。一時間経っても眠れないので薬をのむ。それでも眠れず三十分後に再度のむが効果なし。明け方近くにようやく眠れたのではないか。睡眠薬の量も四倍になったというのに眠れないというのはどういうことだ。いろいろ考えすぎているのだろうか。

胸の締め付けは治らずため息ばかりついている。こんなに苦しんでいるのは私だけではない。自死で子どもを亡くした人たちは、死にたいと思いながらも何年も何十年も生きているのだ。私も苦しいけれど生きるしか道はない。

子を思ひ涙も出でぬ苦しさに途方にくるるこの先のこと

九月十五日（木）

今日、駅からの帰り道、日出美が私の右横の少し後ろの方について歩いているような気がした。今も右肩の後ろの方にいるような気がする。これが傍にいてくれるという感覚なのだろうか。それなら嬉しいけれど。目をつぶれば胸の中の真ん中に日出美が笑顔でいる。空を見上げると空にも笑顔が見える。日出美は私を助けようとして、笑顔を見せて応援してくれているのだ。

背に日差し浴びながら詠む子への歌あたたかくあれほのぼのとあれ

九月二十四日（土）

記憶力がなくなってどうしようもない。薬をのんだかどうかさえ分からなくなる。今日は九月二十四日、昨年の今朝、日出美が湘南新宿ラインのグリーン車に乗り込む姿を見たのが最後となった。紺色のスカートをはいていた。それと夜の電話だ。S病院のカウンセラーさんも私の電話で死んだとは思えないとおっしゃった。でも私は自分を責める。日出美は天国で元気に生きている。私はこの世で元気に生きねばならぬ。天国とこの世とに離れてはいるが、二人の心はつながっている。

朝日差せば朝日に祈り夕日見れば夕日に亡き子の幸を祈れり

九月二十五日（日）

九時から一周忌供養でお経を上げていただいた。小学生時代や中高時代、病院関係のお友だちからも供華をいただき、仏壇の前はお花でいっぱいになっている。

胸が締めつけられている。今日は苦しくても仕方がない。昨年の今日は雨で風の強い日だった。日出美と連絡がつかないので夜遅い電車で新宿に向かったことなど思い出す。胸が苦しい。日出美が亡くなった日だから苦しくて当然なのだ。薬をのんだので一時間後くらいには落ち着くだろう。今日は薬に頼っていい。

十六時にまた薬をのむ。涼しい風が心地よい。天国にも吹いているだろう。日出美に会いたい。

毎日電話してくれるHさんから電話があったが、とっさに誰だか分からなかった。「日出美ちゃんはずっと傍にいるよ」と言ってくれた。

つひに子の一周忌来たり一年の長さ短さ分からずにをり

一周忌供養に友らの贈りくれし花々お花畑のやうに

九月二十八日（水）

最近物忘れがひどい。ウツ状態のせいだ。

今日の相談員さんから、私が生きることは日出美を生かすことだと言われた。早くウツ状態から回復して元気になろう。元気になって自死遺族の方々のわかちあいの会のスタッフになり、人さまの役に立つことをしよう。そうすれば日出美も喜んでくれる。

「ねんねんころりよおころりよひでみちゃんはよいこだ」うたひきかせて

十月九日（日）

今朝三時頃トイレに起きてまた方向が分からなくなり、トイレのすぐ横の階段から落ちた。右膝からの出血が止まらないので救急車を呼ぼうかと思ったが、近所の手前を思って止めた。朝、歩いて病院に行き、右の膝下を七針縫った。両膝にあざができ、左ひじの下もすりむけている。右目の横下と右の鼻下にも傷ができた。顔は目立つので生徒に笑われるだろうが仕方がない。

これだけの怪我で済んだのは父母や日出美が守ってくれたからだろう。首を折れば死んでいたところだ。薬でもうろうとしているからそうなるのだろうが、もうろうとしていたせいでこれだけの怪我で済んだのかもしれない。シャワーは今夜から浴びてよいそうだ。

方向の分からなくなる日の続きゐて宙を歩きしや二階より落つ

救急車呼ばむとせしも近所の目おそれて朝になるを待ちをり

十月十一日（火）

今日、十七時から病院。二週間後に抜糸だそうだ。医師が私の傷を診て「かわいそうに」とおっしゃった。やさしい人だ。

傷を診てかはいさうにと言ひくれし外科医に涙がでさうになる

十月二十日（木）

副校長に退職願を渡した。「病気のため」とだけ書き、十月三十一日は年休があるので休んでよいと言われた。

日出美に仕事や研究を辞めるなと言って死なせてしまったので、私はどんなことがあっても仕事を続けようと思って頑張ってきた。日出美は仕事を辞めるために亡くなったのに、私は仕事を辞めて生きようとしている。自分勝手なことをして申し訳ないが、私が働く様子も見ていただろうから「無理もない」と思ってくれるだろう。

日出美が亡くなって今までの日常にあふれていた幸せは一瞬にして消え去り、残ったのは辛さ、寂しさ、悲しさ、苦しさのみだ。自分でも一年生きていられるとは思わなかったが、一年と二十五日を生きてきた。


病気のためとふ理由に退職する心のうちは子に伝はらむ

十月二十一日（金）

採点は来週月曜日、学校帰りに病院へ行こう。

いよいよ来週いっぱいで仕事が終わる。あと二時間ずつ、平常心で仕事をせねばならぬ。長い講師生活だったが、こんな形で辞めることになるとは思ってもみなかった。講師は六十五歳で定年になるが、私は特認講師ということで今年も務めていたのに。

左ひじと顔の傷はほとんど治ったが、今頃になって尾てい骨が痛い。


酔芙蓉今年も咲けど子を亡くしし我が身にしんしん秋風の吹く

十月二十四日（月）

学校に行くと副校長から「二年生に針馬先生は病気で辞めると話した」と言われた。今日と明日、私の授業観察をするという。自分がいることによって生徒が私語などで騒がないようにとの配慮だろうか。

成績処理で遅くなって四時頃学校を出る。駅から病院へ直行したが七時過ぎになった。抜糸したので今日から浴槽に入ってよいと言われた。

病院からの帰り道、日出美が私の右腕あたりに体をくっつけて歩いている感じがしたが、きっと腕を組んで私を支えながら歩いてくれていたのだろう。そばにいると感じられることが嬉しかった。今も右腕あたりにいるような気がする。右側にいると感じるのは、幼い頃からずっと私の右側を歩かせていたからだろう。明日で日出美が亡くなってから一年と一ヵ月が経つことになる。

暗き中ひとり帰るを気遣ひてともに歩きてくるる亡子のあり

十月二十五日（火）

今日は日出美の月命日だ。一年と一ヵ月が経った。寂しくてならない。ほんとうに寂しくてならない。

今日の相談員さんに仕事を辞める件も話した。仕事は辞めた方がよいというような言い方だった。すごくエネルギーのいる仕事をよく頑張ったとほめてくださった。私ばかり勝手に仕事を辞めて娘に申し訳ないと言うと、そんなことはないとのこと、よく頑張ったねとほめてくれているとのこと、その言葉を信じよう。

和室の鴨居に飾ってある日出美の多数の免許証なども、今は見られないので見ないようにしている。どんなに頑張って勉強したかが分かるので辛いのだ。何もかもがトントン拍子だったが、その裏には大きな努力が隠されていた。私の自慢の娘、誇り、生き甲斐だった娘が亡くなった今、私は死にたくても死ねないで苦しんでいる。泣きたくても泣けず、涙も出ないことに苦しんでいる。

子の逝きて一年一カ月涙さへ出でぬ我が身は化石のごとし

十一月十二日（土）

S病院に行く。先生は「仕事を辞めたのはよかった、学校側はあまりにも理解していない」とおっしゃった。カウンセラーさんからよだれは薬の影響かもしれないと言われた。ウツ状態は薬が効きにくいところがあるが、月単位、年単位で回復していくそうだ。

娘がいた研究室のお二人から手紙が届いていて、娘が留学したいと言っていたことが記してあった。この方々とは親しくしていたのだろう。私にも留学したいと言っていたし、その夢が実現していたらどんなによかったか。

幾鉢もの花を枯らしてしまひけり子のをらぬこの世に心閉ざして

十一月十九日（土）

また階段から落ちた。今度は頭を怪我した。後頭部を二十針余り、ホッチキスのようなもので留められたが、どうして落ちたのかまったく覚えていない。

昨晩十時五十分頃床に就いて、十二時まで眠れなかったので再度薬をのんだところまでは覚えている。

今回も前回以上に出血が多かったけれど救急車は呼ばなかった。朝になるまで布団の中に居て、朝食を摂り、自転車で病院に行った。医師から救急車で来るとよかったねと言われ、帰りはタクシーで帰るように言われた。

首が痛い。頭と一緒に打ったのだろう。頸椎捻挫かもしれないので整形外科で診てもらうとよいと言われたが、明日はやっているのだろうか。首を上下左右に動かすと頭がくらくらする。

どうしてこんなことになったのだろう。自分でも分からない。十月九日の階段事故以来、眠れないので同じように薬を追加してのみ、それでも効かないとまたのんで、トイレの位置が分からなくなることが続いていた。落ちないように注意はしていたのだが、やはり薬のせいでもうろうとなっているのだ。

どうして落ちたのかまったく覚えていない。ばんそうこうも貼っていたが、それもどうやって貼ったのか覚えていない。腰も痛い。昼食後、ウツ病の薬とともに病院からもらった薬をのんだ。頭に巻かれた包帯はセーターを脱ぐときに取れてしまったので自分で適当に巻いている。傷は麻酔もせず、ホッチキスで留めるような感じでバチンバチンと留められていった。数えていると二十針あまりあったが痛かった。取るときもまた痛むのだろう。

日出美が亡くなる前「おかあさんの年でどこも悪くないのは珍しい」と言ってくれたのに、

今はウツ病の薬中毒のようになっているし大怪我もしている。私はこの先どうなるのだろうか。

階段事故繰り返しゐてウツ病の薬の副作用疑ふべきか

十一月二十二日（火）

今朝、整形外科へ行く。三時間余り待たされて診察。四時頃に帰宅した。
背中と首のレントゲンを撮った。今のところ打撲だけだそうだが、背骨が生まれつき傾いているると言われた。今まで背骨が傾いていると言われたことはないので、生まれつきではなく、前回と今回の階段転落事故のせいではないのだろうか。今度落ちると脊椎損傷で手術になると言われたので、やはり階段には柵をつけてもらおう。

かたはらにゐてかずかずの奇跡おこし命すくひてくるるや吾子よ

十一月二十四日（木）

S病院で今回の事故のこともちゃんと話し、薬の副作用でもうろうとなるのではないかと問わねばならぬ。明日は整形外科に行くので眼科も一緒に受診しよう。

右後ろの首が痛くなった。揉んでいたらよけい痛くなったのでここも打ったのだろう。頭は上や下を向くとウワーンとなる。そうとしか表現できないが、こんな状態で抜糸して大丈夫だろうか。ホッチキスの針を抜くとき痛くないとよいが、怖がっていても仕方がない。抜くものは抜かねばならぬ。

初雪と聞くも嬉しくあらずして心身の寒さにふるへてをりぬ

十一月二十五日（金）

今日は整形外科と眼科を受診。整形は案外早く終わったが眼科は四時間待たされた。

整形の針抜きは痛かった。針数は二十四だったが、傷のつきが悪いと言われた。すぐに救急車で行かなかったからだろう。針を抜いた傷口から出血しているので医師も迷っていたが、結局、抜いてしまおうということになり「傷口から出血しても大丈夫だから一週間毎日髪を洗うように」と言われた。仕方ない、言われたとおりにしよう。救急車を呼ばなかった私が悪いのだから。

眼科の診察が終わったのは二時過ぎだった。医師が一人しかいらっしゃらず、視力検査や眼球の動きなどを調べた。

後頭部二十四針縫はれしもいかなる傷口なりしや知らず

十一月二十八日（月）

薬のせいか体がよくふらふらする。

私は日出美に生かされ、守られている。今回の二度の階段転落事故でそれを強く感じるようになった。二度も階段から落ちるとは相当の愚か者だが、骨折もせず顔もすこしの怪我で済んだことは不幸中の幸いだった。すべて亡き家族が守ってくれたと信じている。一回目の右鼻下の赤むけはまだ治っていないがそのうち治るだろう。頭の傷は触ると痛いのでまだ時間がかかりそうだ。

右膝下七針頭二十四針子より守られし傷跡ふたつ

十二月十三日（火）

今日も腰が痛い。昨夜無理して座椅子で日記や手紙を書いたからだろう。左のあばら骨に体重をかけるようにして座っている。痛いのにどうしてこんな癖がついたのだろう。

午後二時頃、柵設置の件で業者と大工さんの二人が来て、一週間くらいでできると言っていた。


この世にはをらぬわが子を慕ひつつ耳そばだつる夜の雨音

十二月二十一日（水）

今日は冬至。

腰が階段事故のときの膝や頭の傷より痛く辛い。こんな状態では買物に行けないので今晩のゆず湯は我慢しよう。食べるものも冷凍食品しかない。居ても立ってもいられないほど腰が痛い。

夕方、若い女性の電話相談員さんと話した。「お嬢さんはおかあさんがこんなに苦しむのを見てごめんねと言っているかもしれない。健康に生きることを望んでいるかもしれない。今まで育ててくれてありがとうと言っているかもしれない」などと言ってくれた。自分が娘の気持ちになるとのこと。

冬至の今日ゆずも無かりき子も亡くて一年三カ月　ひとりきりなり

十二月二十四日（土）

薬をのんでS病院へ向かう。駅まではタクシーで行ったが他は歩くしかない。痛み止めの薬を処方してくださったがまた薬が増えた。先生は娘はウツ病で病死したとおっしゃった。私が自分を責めているのを慮ってそう言ってくださったのだろうが、病死でも悲しい。カウンセリングを受けるとき体がすぐに左に傾くので、カウンセラーさんからしょっちゅう右に直された。相当力を入れないとまっすぐになれない。この傾きが脇腹を痛くさせているのだろう。

帰宅後、地域包括センターに電話。歩けないことを言うが、介護支援の手続きが面倒そうなので後にしよう。ボランティアセンターに電話して買物支援をしていただけることが分かった。民生委員さんからも電話が来て「甘えて」と言われて気が楽になった。いよいよ動けなくなったらお願いしよう。

独り居のクリスマス何もなく過ぐす夕べは早く雨戸閉めたり

十二月二十八日（水）

今日は、お隣りさんが評判がよいと教えてくださったYクリニックに行く。十三時過ぎにタクシーで行き、帰りもタクシーを呼んでもらったが、薬をもらうため家の近くの薬局前で下りたのでそこからの歩きが痛くて大変だった。レントゲンを撮るとき背中を伸ばせず、近くにあったポールにつかまってやっとの思いで腰を曲げたまま立った。その様子を見ていた医師が「八十の婆さんだ、八十歳の人なら分かるが」と言った。そう言われても怒る気力もない。

十七時頃、民生委員さんが牛乳やヨーグルトを届けてくださった。人の情けのありがたみがよく分かった。

早咲きの梅咲きたるに気づきたり娘の逝きて二度目の春か

十二月三十一日（土）

何もできないお正月だ。昨年はお雑煮だけは作ったのに、今年はそれすらできない。日出美に申し訳ない。

相談員さんと五十一分話した。ハスキーボイスの男性だった。「お嬢さんの死から学んだことを社会に貢献しないといけない。あなたの場合はお嬢さんを亡くしただけではなく、自分の希望までも失ったからなおさら辛く悲しく苦しいのだろう」と言われた。その通りだ。私は娘に自分の理想を押しつけた。それが娘にとっては苦しかったのだろうと今になって思う。

先ほど一分くらい足踏み運動をしたらカクカクと骨の鳴る音が聞こえ、体がすぐ前かがみになった。背骨があるべき場所にはまっていない気がする。

良き伴侶得て幸せにゐて欲しと亡き子を思ふこれの世に思ふ

初節句に買ひし市松人形子と婿に見立てて二人の幸を祈れり

わがままを言はざりし子に恋人よ「いつぱいわがまま言はせてください」

二〇一七年

一月一日（日）

初日の出も見る気がしなかった。今日は晴れているが、二〇一五年は雪の元旦だった。もう二十日以上腰の痛みに悩まされている。左肩下の痛みも強い。コルセットを着けていても背中にはまったく効果がない。

背骨立たで不自由なるを耐へてをり子を守るための命なるゆゑ

子を思ひ悲しく辛く寂しくてならぬ真昼よ　とびが鳴きをり

一月二日（月）

背中が九十度まで曲がってしまう。どうしても背骨が立たない。背中が痛い。左肩下が痛い。どうしても立って歩けない。

十五時三十五分、民生委員さんより電話。買物を頼んだが私の体のことも心配してくださっている。ありがたい。次は一月四日に電話してくださるそうだ。

一分歩かむ二分歩かむと決意して仏間に歩く練習しをり

一月四日（水）

Yクリニックに行く。ブロック注射を打ったがすぐ背中が曲がってしまい、何の効果もなかった。もしかしたら骨が折れてつぶれているかもしれないからT病院でMRIを受けるように言われ、一月六日（金）十三時に予約してくださった。それでも治らなければ神経がやられているかもしれないから神経内科を紹介すると言われた。私は治るのでしょうかと問うと、前の状態を知らないから何とも言えないと言われた。MRIの説明書で閉所恐怖症かどうかの問があったので「はい」と答えた。中で大きな音がするらしい。

大量の買物頼みぬ一週間分の冷凍食品猫たちのごはん

一月五日（木）

民生委員さんから電話があって、地域包括センターで書類（介護保険の件）をもらったので今日届けるが、それを一月十日に市役所に持って行くそうだ。その後、市役所の人が私の様子を見に来て判断するらしい。民生委員さんのご厚意がありがたい。だが、人さまの世話になるのが心苦しい。そうかといって自分では何もできない。人さまの世話になることを今回は覚悟しよう。

子を思へばいかんともしがたき悲しみに打ちひしがれて涙も出でず

一月六日（金）

今日はＭＲＩを撮る日だ。狭くてうるさいところだそうだ。病気の原因が分かるかもしれないので我慢する。閉所恐怖症気味のところがあるが眼をつぶっていれば大丈夫だろう。

院内では車椅子に座らせてもらって楽だった。ＭＲＩはヘッドホンをつけてもうるさかったが、音が鳴りっぱなしというわけでもなく、それほど苦痛ではなかった。目はタオルをかぶせてずっと閉じていた。結果は一週間後くらいに病院に届くそうだが、一週間何もできない。こうして時間だけが過ぎてゆく。私は治るのだろうか。

来週のＳ病院は覚悟して行かねばならぬ。背中を曲げて必死の形相で歩かねばならぬ。


車椅子押してもらへば他人さまなれど甘ゆる気持ち出できぬ

一月十日（火）

昨年は日出美を思って苦しい一年だったが、病気をしないでこられたのは娘が守ってくれたおかげだ。

十月、十一月と二度も階段から落ちて怪我をしたけれど、それだけで済んでよかった。十二月からは背骨が立たなくなって苦しんでいる。階段事故の後遺症でなければよいけれど。正月休みと検査結果待ちで無駄な時間を使っている。私は判断ミスばかりしているが、よくなるためには待つことが必要だ。

Ｓ病院に、歩けなくて薬をもらいに行けないので送ってもらえないかと電話したが、代理人が診察券を持って取りに来れば渡せるが、それ以外はできないとのことだった。東京までどこのどなたが取りに行ってくれるというのか、もう根性で病院に行くしかない。
民生委員さんが明日、介護福祉課の書類を持って地域包括支援センターの人と一緒に来てくださるそうだ。

亡き子を思はで一月過ぐしたり歩かれぬ身の苦痛に耐へて

一月十一日（水）

Ｙクリニックで、腸腰筋のところに炎症があるかもしれないので市立病院を紹介すると言われた。昨日市立病院で会合があり、私の話が出て、市立の先生が「私が診ましょう」と言われたそうだ。書類ができるとすぐタクシーを呼んでくださり、市立へ行った。腸腰筋に浮腫か炎症があるので背骨が立たないのだそうだが、歩けるようになると言われて安心した。炎症がある間は無理をせず、東京の病院に行くのもおすすめしないと言われたが、行かないわけにはいかない。

ＭＲＩ検査受けしが腸腰筋に炎症か浮腫のあるやうなり

一月十四日（金）

Ｓ病院へ行ったが、前回より今日の方が辛く、死に物狂いで歩いた。先生や看護師さんが心配してくださり、薬は一ヵ月半分もらえて安心した。先生は私の荷物を診察室の出口まで持ってくださりありがたかった。右足の付け根が時々強く痛む。

腰痛に背骨の立たず苦しみて二階への行き来手摺りにすがる

一月十八日（水）

市立病院から帰って来た。体がねじれていると言っても先生はまったく聞いてくれない。Ｙクリニックに通ってリハビリ等をするように言われたので「またですか」と言うと彼は不快感を露わにした。腸腰筋はレントゲンでは白くなっているけれど大したことはないとのことだが、神経内科を受診するように言われた。整体にも行った方がよいかと問うと、無理しない方がよいとのこと。これでは治らないだろう。

今日は予約していたが二時間くらい待った。受付で車椅子を押してくださるよう頼んだので、帰りも薬局とタクシーのドア前まで連れて行ってくださってありがたかった。

そう言えばYクリニックで「それでも治らなければ神経内科だ」と言われたことがある。神経内科で何が分かるのだろうか。ここで結論が出たら整体へ行ってみよう。

信頼できざる人か短気なるか整形外科医のマスクの上の眼

一月二十日（金）

今日は神経内科と整形外科に行く。

神経内科で薬剤性パーキンソン病の疑いがあると言われ、一月二十七日（金）に検査を受けることになった。初めに注射を打って三時間か四時間後に検査を受けることになる。その間にMRI検査も受ける。ウツ病の薬のうちの二種類はのまない方がよいと言われた。この先生に整体に行った方がよいかと問うと、行った方がよいと言われた。

一週間後のダットスキャン検査の必要書類に署名した。頭に輪っかをはめられて検査するらしい。初めに注射してそれが脳に回るまで四時間待たねばならぬとのこと。

整形外科では「腸腰筋の筋腫は命に関わるものだがそうでなくてよかった。整形はこれで終わり」と言われてほっとした。

背骨立たぬ苦しみいつまでつづくならむ「もういいかげん嫌になつたよ」

一月二十一日（土）

整体院と整骨院の違いも知らないが、整骨院が近くにあるのでそちらへ行くことにした。マッサージを受けた直後はまっすぐ立てて足踏みもできたが、歩くことはできなかった。しかし、効果は確実にあったので通うようにしよう。優しい先生で安心した。

娘の中学二年のときのお友だちから手紙が届いた。彼女のスピーチコンテスト用の文と日出美の批評文が同封されていた。批評文は細かく丁寧な文字でびっしりと書かれ、日出美の心遣いがよく表れている。これを今まで持っていてくれたお友だちのやさしさと、わざわざ私に送ってくれた心遣いも嬉しい。日出美は常に真摯に人と向き合い、心遣いを怠らなかったのだろう。そんな子を私は死なせてしまったのだ。

子を亡くしし悲苦は意志にてコントロールできぬなり冬空青く澄めども

一月二十三日（月）

右の足の裏の痛みが二週間以上続いている。一体何なのだろう。

今朝は背中を九十度まで曲げなくても少しの間立てたので嬉しい。整骨院でなんとかなるかもしれない。

十三時半頃、市の職員と地域包括センターの方がいらっしゃった。結果が出るのは一ヵ月半頃だろうか。

介護保険査定のための質問に通院せし日も忘れ果てしや

一月二十六日（木）

整骨院に行く。体をまっすぐにして少しだけ歩いた。階段は四つん這いになって上り下りするように言われた。下りるときは後ろ向きに。先生はだんだん良くなっているのが治療でも分かると言われた。今日で三回目だが、背中を立たせることができるようになった。前かがみで苦しくなったときは背中を反らせてまっすぐにすることができる。長続きはしないけれど。家の中で足踏みしながらテーブルを伝って歩くことも続けている。いろいろ辛いことばかりだが日出美が守ってくれている。

辛きことあまたあれども守りくるる子のため歩く練習つづけむ

一月二十七日（金）

今日は市立病院に行き、神経内科でダットスキャン（頭部撮影）を受けた。異常なしと言われたが、診断名は薬剤性パーキンソン症候群となっている。ウツ病の薬の一種類はドーパミンが出ることをブロックするのでのまないように言われた。パーキンソン病の人はあまりドーパミンが出ないが私は出ているとのこと。結局、私の今の状態は薬の効きすぎで歩けなくなったらしい。この脳の調子だとあと五、六年は大丈夫だろうとも言われたが、何が大丈夫なのか問うのを忘れた。私は頭が悪い。先生はS病院の先生に手紙を書き、画像もくださったので今度行ったときに渡さねばならぬ。

何の検査をしても異常が見つからないのはかえって怖いくらいだ。どこも悪くないのに歩けなくなってしまうなんて。様子を見ようと言われたが、これからは整骨院に通って治してゆくしかない。

子の亡きを思はぬやうにしてをらねば心身もろともくづれゆくならむ

一月二十八日（土）

S病院の看護師さんより電話があって、十時半に予約が入っているから来るように言われたが、歩けないからと断った。あとで先生より電話が来て、今後薬の使用については考えていくようなことをおっしゃっていた。

買物ボランティアさんが来てくださったので、洗剤やお米など重たい物をお願いして申し訳なかった。私も人さまの役に立つことができるようになりたい。一日も早く歩けるようになりたい。こんな生活はもう嫌だ。辛いし苦しい。不自由だ。今日は五分間の足踏み運動が四回できた。

四十六日背骨立たぬを耐へにつつ背中を折りてゆるゆる歩めり

二月三日（金）

薬の副作用が怖い。私が歩けなくなったのは薬のせいなのだろう。今日は節分だ。日出美が「コンビニで恵方巻きを買って食べた」と電話してきたことを思い出す。三年前くらいだったろうか。あの頃は日出美も元気だった。いろいろ思い出すと悲しくなる。自分の体も動かないので辛い一方だ。

「コンビニで恵方巻き買つて食べた」とぞ言ひし子の声　耳に残れる

二月十三日（月）

整骨院の帰りにもタクシーを使ったが、郵便局の前で下ろしてもらい、お金を下ろしてから自宅まで歩いた。元気なときは四、五分で歩ける距離だが、ゆっくりながらもちゃんと歩けて自信がついた。

先生に肩が前向きになっていると言うと、肩がつぼんでいるという表現をされ、これが直ると背中ものびるだろうと言われた。

介護保険証が届いた。要支援1ということだが、買物を頼むだけになる。それも実質四十五分くらいしか時間がないらしい。介護保険を使えるようになったのは複雑な心境だ。

ずれてゐしおへそも少しは戻りたり歩く練習してをるゆゑか

二月二十一日（**水**）

今日は郵便局、薬局、スーパーへ買物に行ってきた。合計して約一時間、歩けるかどうか不安だったが何とか歩けた。

お焚き上げしてもらふため五カ月間書き続けたる亡き子への手紙

三月十一日（土）

東日本大震災から六年が経った。その日、日出美は職場からマンションまで歩いて帰ったが、トイレの水があふれて水びたしだったと電話で言ってきた。東京は震度五強、神奈川は五弱、私はあの日二階にいて、電柱が大きく揺れているのを足を踏ん張りながら見ていた。先ほど、市の防災放送で一分間の黙祷をするよう勧めていた。震災犠牲者の方々の七回忌供養ということだろう。

何見ても何かをしても子を思ふ光の春は光さへ見えず

三月二十四日（金）

脊椎が右に傾いているそうだ。何とか歩けるだけでも幸せに思わねばならぬだろう。今の状態を維持できるように、少しずつ距離を延ばして行けるように努力しよう。腰痛も治らないのだろうか。

日出美を思って胸が痛かった日々は歩けていたし腰痛もなかった。それが歩けなくなった日から自分の体のことが心配になって日出美を思うことが少なくなり、いつかしら胸の痛みも締めつけも消えていた。不思議なことだ。

腰が痛くなってから三ヵ月半、まっすぐに立てなくなったときから比べるとずいぶん回復したが、歩くのに努力がいる。背中をまっすぐにしようと意識しなければ歩けない。

子とともに在るあかしとやこの頃を一輪づつ咲くさくらんぼの花

四月四日（火）

紫陽花たちが元気な葉を出している。シンビジウムの黄色い花がたくさん咲いている。母や娘が「頑張れ」と言ってくれているのだろう。

体は最初左に傾いていたのに、今はどうして右に傾いているのか不思議だ。

四カ月ぶりに布団を干しにけり背骨の立たで過ぐしし月日

四月十日（月）

タクシーでT病院に行ってきた。一階奥の放射線科でレントゲン撮影後、二階の脊椎外科へ。

写真を見ながらパーキンソンではないかと言われたので、薬剤性パーキンソン症候群と言われたことを話す。側彎症かと問うとそうだとのこと。初めは左に傾いて今度は右に傾いたと言うと、三、四ヵ月様子を見よう、手術すれば一発で治る、入院は十日ほどだと言われた。上半身裸になったまま背中を見せると曲がっていると言われた。側彎症と軽い後彎症だそうだ。七月三十一日（月）十一時半に予約した。

右傾せし上半身は直らぬまま側彎症と診断されたり

四月二十日（木）

この頃は、部屋の中では歩き回ることができる。痛みを我慢すれば洗濯干しも取り込みもできる。郵便局までなんとか歩けてお金の管理もできている。駅前の大きなスーパーにもタクシーを使えば行ける。できないことよりできることに眼を向けよう。日出美が必ず守ってくれる。

整骨院では肩もみや脳天を押さえたり、体や首をひねったりといろいろ手当してくださった。治らないかもしれないと言うと「そんなに悲観的にならなくても大丈夫ですよ」と背骨のあたりをやさしくポンポンと叩いてくださったので、懐かしいようなあたたかいような気持ちになった。側彎があっても歩けるそうだ。

子と二人在りし日の幸あまたあるを思ひ出しつつ生きてぞゆかむ

四月二十七日（木）

以前のように左腰に力を入れて上体を支えることはできない。腰の中央部で背中をまっすぐにしようという感じだ。右肩が下がり右に傾いている。上体も少し前傾している。

私は重症のウツ状態になり、歩けなくなり、脊椎側彎症になってしまった。日出美の死からすべてが始まったが、階段から二度落ちても奇跡的に怪我だけで済んだのは娘が守ってくれたおかげだ。

日出美が亡くなって一年七ヵ月が経ち、一緒に生きていると思って生きてきたが、またしても生きる気力を失った。私はなぜ歩けないのか、階段から落ちたからか、薬で脳神経のどこかがおかしくなったのか、それとも脊椎側彎症で体が傾いているから歩けないのか、体が左傾していた時期もあったのに、それがなぜ右傾になったのか、それは整骨院の先生も分からないそうだ。

今朝方日出美の夢を見た。涙をぽろぽろこぼしながら泣いていたが、私のことを心配しているのだろう。

一日中降りつづく雨に濡れながら若葉ひろげてゆく楓かな

五月二日（火）

日出美を亡くした悲苦に耐えるために薬をのんだ。その薬のせいで歩けなくなった。脊椎側彎症にまでなってしまった。どこまで苦しめばよいのだろう。日出美や父母たちは私に罰など与えたりしない。誰が罰を与えているのか。

電話相談員さんから心配なことがあればケアマネージャーに相談するとよいと教えていただいた。後見、任意後見という制度があるそうだ。入院の時も必ず手伝ってもらえるとのこと。あまり心配するのはよそう。人を頼らねばならないときは頼るしかない。

自死遺族電話相談に電話してやさしき人に慰められけり

五月九日（火）

電話相談員さんと二十七分ほど話す。この方とはもう何度も話している。私が死にたいと言うと「子どもを亡くした人で死にたいと思わない人間はいない。普通のことです。私は今では死にたいと思うより生きる覚悟ができました」と言われた。歩けないと言うと「できることの方に目を向けるように。必ず歩けるようになります」と励ましてくださった。

民生委員さんより電話があって「できるだけのことは手伝います」と言ってくださった。悲観的にならなくてよい。人さまが助けてくださる。人さまに頼って安心していればよい。

子の亡きが悲しくてならぬ夕暮れをひよどりの来てしばらくをりぬ

五月十二日（金）

娘のお茶碗などを見ても以前のようにハッと心が痛むことはなくなった。一緒に生きていると思えるようになった。昨日は娘のバッグに手を触れることもできた。今までは思い出すと悲しくなるのでなるべく思い出さないようにしてきたが、最近は懐かしいと思えるようになった。テレビにエッフェル塔などが映ると「一緒に行ったね」と声に出して語りかけている。娘が近くなったと思う。今までは自ら遠ざけていたのだろう。

亡くなりし娘は在りし日のままに我の心の中に生きをり

五月十四日（日）

今日は母の日だが何もしてあげられなくて申し訳なく思う。赤、ピンク、オレンジ、黄色、白と色とりどりのカーネーションだけはお供えしている。母は生前白いカーネーションが好きだと言っていた。白は亡くなった母に供えるものとは知らなかったと思うが、今年も白いカーネーションを母に買ってきた。

母の日の空見上げつつ母思ひ娘思ひて　飛行機雲ゆく

五月二十日（土）

お嬢さんを亡くされた相談員さんと話せた。私は娘の死の直後から重いウツ状態となり、その一年後の十月、十一月と階段から落ち、十二月には腰の痛みで歩けなくなり、薬剤性パーキンソン症候群や脊椎側彎症にもなった。どうしてこんなに苦しいことばかり続くのかと言うと「娘さんの苦しみを理解するための共有するための苦しみです。必要な時は助けてくれる。必ずよい方向に導いてくれる。私たちは普通の人では味わえない二度目の人生を娘と共に生きているのです」と言われたが、娘と二度目の人生を送っているという言葉に深く共感した。この人と話せてほんとうによかった。

「おかあさんと一緒に生きて」と声かくれば「分かつてゐるよ」と応ふる娘

五月二十一日（日）

後悔して考え続けていると娘が「おかあさんは何も失っていない、私はそばにいるよ」と教えてくれた。今までいろいろ気づいてきたことはすべて娘が教えてくれていたのだ。気づくたびに娘に苦労をかけたと思い、かわいそうな目に遭わせたと思うが、同時にどんなに親思いの子であったかも気づかせてくれた。

苦しく辛いのは私だけではない。子どもを亡くした自死遺族は皆苦しみながら生きているのだ。私も生きて行かねばならぬ。最近は茶碗も立って洗えるようになった。背中の中央部の違和感もだいぶ薄らいできた。確実に回復している。

脊椎外科の予約は先生の都合で八月二十一日となった。

子を思ふこころはまことの愛ならむ親思ふこころもまことなるらむ

五月二十三日（火）

整骨院で、右あばら骨の傾きを見て愕然としたが今は良くなっているように見えると言うと「見えるのではなくて実際に良くなっているのが服の上からも分かる。前々回、前回と状態が良くなり右肩の下がりも治っているようだ。自分の力で治っています」と言われたので「先生のおかげです」と言うと「何も大したことはしていない、お手伝いしているだけです」とのこと。「今日はいろいろ励ましてくださってありがとうございます」とお礼を言った。

施術後、バスタオルを取ろうとしてもたもたしていると先生が「足が長い」と言って笑ったので私もつられて少し笑った。「娘が亡くなってからはじめて笑いました」と言うと「楽しいことはその辺に転がっているのだけど見えないのでしょうね。昔の自分を責めないように。今度脊椎外科に行ったとき、どうしたの？と言われるくらい変わることを目標にしましょう」と言ってくださった。人の情けがありがたい。受付の人も「ずいぶんまっすぐに歩けるようになりましたね。努力のたまものです」と言ってくださった。

コンビニまで背中曲げずに歩かれて今日の嬉しきこととなりけり

五月二十六日（金）

二〇一五年九月のシルバーウィーク中、娘は二十日から二十二日までは自宅からラボに通った。二十二日の朝、猫を抱いて見送り、バルコニーのところでもう一度「行ってらっしゃい」と言うと振り向いて、少しだけ微笑んだ。悲しそうな寂しそうな微笑みだった。二十三日は体調が悪いと言ってラボには行かなかったが、もしかしたら私と一緒に過ごすのはこれが最後と思って家にいたのかもしれない。

二十四日の朝、一緒に駅に向かったが、私が電車に乗り遅れたことを気にしていた。そんなことにも気を遣う子だった。湘南新宿ラインのグリーン車に乗り込む姿を見たが、それが生きている娘の最後の姿となった。電車に乗り遅れたおかげで、今もこの時の娘の姿を鮮明に見ることができる。

二十五日は死の覚悟をして静岡の病院に行ったのだろう。二十七日の午後だったか、病院に娘が亡くなったことを電話すると、いつもより元気に明るく振る舞い、仕事も熱心にしていたとお聞きした。娘は手術前の患者さんにもにこやかに接して安心させていただろう。その日、何人の命を救ったのだろう。医師として八年働いたが、その間に多くの患者さんの命を救ったのに、娘は自分の命を断ってしまった。

娘のお別れ会のとき、ある先生から聞いた話だ。この先生は娘がウツ病だと言ったのですぐに研究を止めるように言ったが、学会があるので止められないとこたえたそうだ。娘は最後の最後まで私の期待に応えようとした。何と詫びればよいのだろう。

いや、そうではない。娘自身もほんとうは学会で発表したかったのだろう。

麻酔科医としての仕事も研究にも全力尽くして子は生きにけり

五月二十七日（土）

S病院へ行く。先生は前回より顔色がよいと言い、私の腕を動かしながら手は震えないか、腰痛はないかと問われたので、「はい」と答えると「副作用はなくなりました」とおっしゃった。何人かが副作用で薬剤性パーキンソン症候群になったようなことを言われたので私が初めてではなかったのだろう。カウンセラーさんは私の回復ぶりに驚き、歩けないようには見えない、座っている姿も元通りだ、よかったよかったと喜んでくださった。

今日は足が痛くなくて助かった。買物もでき、銀行にも行けて、やろうと思っていたことが全部できて嬉しかった。

副作用消ゆと言はれても我にしか分からぬ痛み心身にあり

五月二十八日（日）

娘が「おかあさん話がある」と帰って来た八月十六日以前にも、電話すると泣いていたときがあった。人の話し声が聞こえていたので帰り道だったのだろう。道を歩きながら泣くような子ではなかったので驚き「どうしたの」と聞くと、実験のことで質問しても答えてもらえないというようなことを言った。たった一人で実験に取り組んでいるような状況だったし、孤独感も訴えていた。

六月に米国麻酔科学会で発表できることが分かって実験量を二倍にしてからは、実験にも人間関係にも追いつめられていったのではなかろうか。娘が自主的に実験量を二倍にしたとしてもやはり無理があった。それまでも毎日遅くまで実験していたのに、二倍にしてからは夜中すぎまでラボにいたようだ。朝八時から二十四時までいたとして十六時間もいたことになる。そのほかに麻酔科医としてＩＣＵでの当直が月二回、毎週金曜日には静岡の病院、それ以外にも他病院から当直依頼が来れば断ることができなかった。他病院での勤務を終えてからも必ずラボに行って実験を続けていた。台風が来るからと言って前の晩から静岡に行ったことも何度かあった。過労も娘の心身を蝕んでいっただろう。私には何の愚痴もこぼさず元気な振りをして見せながら、全力を尽くして頑張っていたのだ。

娘の死後、同僚だった人が「日出美ちゃんの様子があまりにも尋常でないように感じたので、少し休めばと声をかけると、みんな頑張ってるからと言った」とお手紙で知らせてくださった。

広島に悪性高熱症の患者さんの採血に行ったのは二〇一五年七月二十四日だ。亡くなる二ヵ月前のことだった。朝一番の新幹線で行き二十三時四十九分に東京に着いたと電話してきた。

それからラボに行き終電で帰宅したそうだ。

娘は何事に対しても全力で頑張っていた。疲労と不安、焦り、孤独感で娘の心身は追いつめられボロボロになっていただろう。それなのに私は何が何でもサンディエゴに行くべきだと思っていた。

その年の五月、神戸での学会の帰りに二人で伊勢に二泊三日の旅をした。その頃はすでにウツ病になっていたのかもしれないが、私には元気そうな様子しか見せなかった。八月には映画を観に行き焼き肉も食べに行った。映画など観たくもなかっただろう。それでも私のために無理して付き合ってくれたのだろう。焼き肉もそうだ。

自分がウツ状態になってから娘がどんなに無理をしていたかが分かった。自分の気持ちを押し殺して私に付き合ってくれたのだ。どんなに苦しかっただろう。私にはできないことだ。二
亡くなる十二日前の友人の結婚式には当直明けのまま出席し、笑顔で写真に写っている。二次会の準備がなされている間にラボに行き、また戻って参加したとその友人から聞いた。

九月二十五日、娘は静岡の病院で元気に明るく仕事をした。麻酔科医として手術前の患者さんにも笑顔で接していただろう。この世での最後の仕事としてきちんと自分の責任を果たしたのだ。そしてその夜命を断った。娘は全力を尽くして生き抜いた。

「独りぼっち、逃げ出したい、もう嫌だ」と娘がようやく本音を言ったとき、私は「一人で

責任を取れ」と突き放した。いくら悔やんでも悔やみきれない。

かつて電話相談員さんが娘のことを「正しく美しく生きた人です。人の何倍も努力し全力で生きたからこそ神様がこの世での修行を早く終わらせて幸せなところに呼び戻されたのです」と言ってくださった。娘は全力で生き真心を尽くして生きた。辛抱し続けて生きた。そんな娘を死なせたのは私だ。その思いを消すことはできない。

「おかあさんもういいよ、そんなに苦しまなくても」娘が声をかけてくれたり

六月一日（木）

地域包括センターに電話してケアマネージャーさんに成年後見人の話を聞いた。後見人を決めるには家庭裁判所に申し立てをしなければならず、主にお金を管理してもらうのだそうだ。何をするにも事務的手続きが必要だ。頭がしっかりしているうちにできることはやらねばならぬ。人を頼ってはいけない。先の事を考えると不安でならないが、一つ一つ調べてその不安を消さねばならぬ。

身勝手な愛し方だったが私はたしかに娘を愛していた。自慢の娘だった。今まで思い出すこ

とが辛くてなるべく思い出さないようにしていたが、最近は思い出しても辛くはなく懐かしい思いがするようになった。よく話しかけてもいる。娘を近く感じるようになったようだ。それが一緒に生きている、そばに居るということなのだろう。

逝きし子は在りし日のままわが傍に帰りきてをり風吹くときも

六月九日（金）

今日はだいぶ前向きになっている。娘に問いかけると心の中に言葉を届けてくれるから。それでどれだけ救われてきたことか。「おかあさんもういいよ、そんなに苦しまなくて」、私が縛りつけているかとの問いには「そうじゃないよ」、頭も心も体も弱ってしまった私が嫌いかには「嫌いじゃないよ」と答えてくれた。私は娘から愛されて幸せだ。そう思って生きていこう。

娘に愛されをるを確信す心の中に浮かぶ言葉に

六月十一日（日）

今日は娘の誕生日だ。去年は悲しく苦しくてならなかったが、今年は一緒にいてくれると思って心が落ち着いている。よい方向に考えていくように娘が教えてくれた。

先日買ってきたピンクの百合が娘の誕生日を祝うかのように咲いてくれた。いちごのショートケーキも買ってきた。

娘が今も私を愛してくれていると分かって希望を持つことができた。整骨院の先生が今のままで行くと脊椎側彎症の手術はしなくてよいだろうと言ってくださったので、さらに明るい気持ちでいる。娘と私は新しく生き直している。二人の心はいつもつながっている。

娘の誕生日祝ふかのやうに開きし百合のあはく香れる

六月十二日（月）

娘がある大学病院に勤めていた頃、派遣で横浜の病院に行くときは前夜から帰宅した子と二人でグリーン車に乗った。親子一緒に通勤できるとは思ってもいなかったことなので幸せな時間だったが、娘に話しかけると返事をしなかった。車内では静かにということだったのだろう。

二〇一五年の夏だったと思うが、ホームにまだ乗客が降りているうちに車内に入って席を陣取ると、後からきた娘から「おかあさんが一番嫌っていたことだよね」とたしなめられた。娘と二人隣り合って座りたかったからなのだが、それはやってはいけないことだった。幼い娘にそうしつけてきた親としては「へへっ」と笑うしかなかった。

新宿から隣り合わせで座って帰って来たことが何度もあるが、その時はなんとも思わなかったことがどんなに幸せなことだったかとしみじみ思う。隣りに娘がいるという幸せはもう手に入らない。


子とともに過ぐしし時間の幸せが手に入らずとも鮮明にあり

六月十七日（土）

昨夜お風呂の中で「小さいときから辛抱ばかりさせてひどい親だったね」と問いかけると「ひどいおかあさんじゃないよ」という言葉が浮かんだ。自己弁護だろうと思っていると何度も「ひどいおかあさんじゃないよ」と言われたような気がした。娘の言葉だと信じよう。

先日二度ばかり、最初は背中の右側に、二度目は左側に重いものを感じて何だろうと思っていたが、昨夜のお風呂での一件で娘が来てくれていたのだと気づいた。

二〇一五年夏、泣き嘆く娘をおんぶしたとき、太ももを押さえていたので痛くないかと問うと痛くないと言った。若さみなぎる太ももの感触を今も覚えている。娘は「おんぶしてくれてありがとう、私はここにいるよ」と私の背中に教えてくれていたのだろう。背中の重みが娘の存在を実感させてくれた。

相談員さんに、娘が亡くなる前までは子育てに成功したと思っていた。今はその逆に思っている。もっと甘やかせばよかった、わがままを言わせればよかった、悪い事をしたことばかり思い出すと言うと「やさしくなったね」とおっしゃってくださったので涙が出そうになった。


やうやくに亡き娘との思ひ出を思ひ出さるるやうになりけり

六月十八日（月）
目が覚めると娘のことを考える。毎朝そうだ。九月二十四日の電話のことがなければ私はこんなに苦しまなかったかもしれない。

あまり苦しいのでお線香を上げて娘に語りかけると「静岡の病院に行くと皆さんがおはようございますと声をかけてくれるので嬉しい」と言っていたことを思い出した。研究室では挨拶をしてくれる人もいなかったのかもしれない。「九階に上がってゆくとき上から笑い声が聞こえてきて涙が出た。おかあさんに独りぼっちの辛さが分かる?」と問われたとき「研究は一人でするものでしょ」と返すと娘は黙っていた。そのことが今になって悔やまれる。おかあさんは何も分かってくれないと思っただろう。いつだったか「明日天国に召されると思うとようやく眠りにつける」と言ったことがある。私はそれを重大なこととして受け止めていなかった。娘はずっとSOSを出していたのに私は何も分かろうとせず、受け止めようとしなかった。どう謝ればよいのだろう。どう償えばよいのか。私が生きることが償いであり恩返しなのだろう。生きている間は娘のお骨を守ることができ、名を守ることもできる。娘が守ってくれているのは私に生きて欲しいからだ。

今日は駅の近くのスーパーまで歩いて買物に行き、歩いて帰ってきた。一時間二十分ほどかかったが五ヵ月前までは考えられなかったことだ。すべて娘のおかげだ。娘に感謝しながら恥ずかしくない生き方ができるよう努力しよう。

信じたる道をまっすぐ生きし子よ今朝も一輪百合ひらきたり

六月二十三日（金）

歌舞伎役者が妻を乳がんで亡くし記者会見で泣いているのを見て、私の左の目から一筋涙が落ちた。一年何ヵ月かぶりの涙だ。今までどんなに悲しくても泣けなかったのに。（自死遺族の電話相談では泣けていたのだが）

この人の妻は強い女性として生きたい、強い母として生きたいと言っていつも笑顔でいたそうだ。やさしい人だったとのこと。やさしい人は強いのだと思った。娘もそうだった。

この人の歌舞伎を娘と観たことを思い出す。亡くなる年のお正月、美容院で髪を結い着付けもしてもらって新橋演舞場へ行った。娘は別の着物を着たがったのだが、若いときしか着られないからと言って振り袖を着せた。デパートで二人の記念写真を撮ったが、着たかった着物を着せてやればよかったと今頃後悔している。

子の自画像見ればやさしくほほゑみてくるるなり娘はここにをるなり

六月二十八日（水）

娘が亡くなる年の夏、御殿場のアウトレットに行った。娘は松田駅から乗ってきたが、昨夜の飲み会でだいぶのまされたらしく、二日酔いで具合を悪くしていた。電話で事情を話して今日は行けないと言えばよかったのに、無理をして来た娘の真面目さをかわいそうに思った。親との約束なんて破っていいのに、私が怒るとでも思ったのだろうか。何も食べていないというのでお茶を飲ませてゆっくりしているうちに元気になったので買物をしたが、その時も元気になったふりをしたのかもしれない。当時はそこまで気が回らなかったが、いつも無理をして頑張り、親にまで気を遣う娘だった。いろいろ思い出して辛くなったのでお骨を抱いて謝ると落ち着いた。

親にも気を遣ふ娘にありしこと偲ぶよすがのむらさきつゆくさ

七月一日（土）

昨日、Mさんのおかあさまより電話があった。Mさんはご両親とも日本人だが、米国生まれで米国育ちのお嬢さんだ。Mさんが娘と同じ研究室に留学中、娘から受けた親切が忘れられないからとのことで、わざわざお焼香に来てくださるそうだ。たぶん、娘がロッカーの半分を使わせてあげたと言っていた人だろう。

Mさん、十七時十分頃来宅。お香典とお菓子などいただく。お数珠を手にしていらしたので驚いたがおかあさまの教えなのだろう。Mさんは一年間の留学だったが、娘が歓迎会や送別会を開いてあげたそうだ。ロッカーも一緒に使わせてくれたが、中にはピンクの犬のボトルカバーなど可愛らしい物が入っていたと教えてくれた。

泣きながら娘を尊敬していると何度も言ってくれた。「五階で研究していたが、お昼休みにもごはんを食べながら本を読んでいて少しも休んでいなかった。いつも笑顔でネガティブなことは言ったことがなく、異変には気づかなかった。品がよいしあんなにやさしい人は珍しい。最後のメールは『お互いに夢に向かって頑張りましょう』でした」と泣きながら話してくれた。話を聞きながら私も泣きそうになったが涙は出なかった。娘がハーバードに留学したいと言っていたと話すと、ボストン在住のこの人は「自宅からいろいろな所に二人で旅行できたらよかったのに」と言ってまた涙を流した。

Mさんも研究者で八月からイギリスに留学するそうだ。夢に向かって頑張るとのこと。娘の分まで頑張ってほしい。この人の心の中で娘は生き続けるだろう。明日五時の飛行機で帰国するとのこと。帰りに玄関先で握手したが「アメリカではハグします」と言って私を抱きしめてくれた。娘と一緒になって私をハグしてくれたのかもしれない。Mさんはきっと自分の夢を叶えるだろう。

わが子をかくも慕ひてくるる人ゆこころのぬくもり分けてもらひぬ

難しき研究ならむが無理をせず心すこやかにあれと祈れり

七月三日（月）

夕方、日出美の遺影に語りかけていて涙が膝の上に落ちた。感情が戻ってきているのだろう。

外に出ると空が夕焼けていた。半月も見えている。浦和にいた頃「おかあさん、きれいな空だよ」と呼ばれて、二人で眺めたことを思い出した。

たとへやうもなきさびしさや夕空はうすむらさきに暮れてゆきつつ

七月九日（日）

遺書の「おかあさんの娘でいられて幸せでした」という言葉は私を悲しくさせる。娘に無理ばかりさせた未熟な親だったが、今はほんとうに娘をいとおしく思っている。その気持ちをまっすぐ伝えるために短歌を詠み歌集を編もう。それが娘へのお詫びと感謝を伝えることができる唯一の手段だ。私の死後、すべては無くなってしまうが本は残る。

いつだったか娘が「おかあさんはまっすぐな人」とほめてくれた。娘もまっすぐな人だったが、私と違って何より人にやさしかった。

我が死なば絶ゆる家ゆゑ娘へのかずかずの伝言詠ひのこさむ

七月十一日（火）

今日はよく泣いた。私が死ねば何もかも無くなる。母子手帳も無くなるのだと思って涙が出た。娘の医師免許証とそれぞれの認定証、母子手帳や家族の写真など燃えるものは柩の中に入れてもらおう。娘が赤ちゃんのときの手形足形は燃えないと思うので入れてもらえないかもしれないが、人に捨てられたくないので気持ちの上だけでも私が持って行く。このことも後見人さんに頼んである。

我が子宮乳房に命はぐくみし娘は三十二歳にて逝きけり

七月十六日（日）

娘は学会で発表するとばかり思っていた。今までの娘ならそうできたはずだ。
初めのうちは「自分のやっていることは細胞なので麻酔科の人たちには分からないだろうが、賞は獲れるかもしれない、発表の順番が終わりから二番目だから微妙だが」と言っていた。スーツなどは堅苦しいだろうから何を着ればよいか先生に聞いてみるとも言っていた。苦しい中でも私に心配かけないようにしていたのだろうし、自分でも米国の学会に行こうと頑張っていたのだろう。だが急速に歯車が悪い方向に回って行った。
娘は心の痛みに負けたと遺書に記している。苦しんでいる娘に何一つ味方してやらなかった。何と詫びればよいか分からない。

一人子を死なしめし罪に苦しみつつ己責めつつ生きてをるなり

七月十八日（火）

相談員さんから「不在の在」という言葉を大切にしているとお聞きした。この世にはいないけれど、見えないけれど「居る」という意味だそうだ。私もこの言葉を大切にしたい。「お嬢さんはそばにいる。二人は深い深いところで通じている。あなたが負わせたという傷も治っている」と言ってくださった。この人と話していて涙が止まらなくなった。

「あなたはほんたうにお嬢さんを愛してる」　泣きつつ聞けり目を閉ぢて聞けり

七月二十九日（土）

相談員さんから「自分の気持ちに正直になっている。やわらかくなっている。『ねばならない』が多いから自分に厳しい人だ。お嬢さんにも『ねばならない』が多かったのではないか」と言われた。確かにそうだ。娘にもそれを押しつけてきた。

今夕、十八日に百五歳で亡くなった医師の日野原重明さんの告別式をテレビで見たが、作詞された「愛のうた」の中に「愛する人に愛をば送らん」という言葉があり、心打たれた。私も愛のうたを詠おう。娘をどんなに愛しているかを詠おう。この言葉を聞いたということは、娘が私に「愛する人に愛をば送らん」と言ってくれたのかもしれない。そうであればどんなに嬉しいか。

雨の中、花火の音が聞こえる。

亡き子よりまことの愛を教はりぬ思ひやることと感謝すること

八月七日（月）

娘は私のために言葉を選んで遺書を書いてくれた。私の良い方の一面だけを見て「心配してくれて、大切にしてくれて、愛してくれてありがとう」「これからはずっとずっとおかあさんのそばにいます」「おかあさんの娘でいられて幸せでした」と記してくれている。苦しまないようにと考えてくれているのだ。あんなひどい電話をしてそれが最後となってしまったので、私が苦しむことが分かっていたからこそやさしい言葉を残してくれた。それも意図したものではなく娘の真心からの言葉だと思う。

昨夜、娘が「おかあさんが苦しまないようにと思っているのに分かってくれない」と言ったような気がした。以前「私はひどいことを言ったから一生苦しむよね」と問いかけると「おかあさんもういいよ、そんなに苦しまなくても」と言ってくれた。私が苦しむことを娘は苦しみながら見ている。苦しめてはならぬ。

電話相談は止めようと思っているのにまた掛けてしまった。娘を死に追いやったとまた言った。私は何の約束も守れていない。「おかあさん、もう自分の生きる道は分かっているでしょ」と言われているような気がする。どこに誰に相談しても何も変わらない。それなのにあがきもがき苦しんでいる。自分でもどうかしていると思う。自分の苦しみと正面から向き合っていると言いながら向き合っていない。

「まことなる愛をうたはむまことなる愛をうたひて亡き子愛さむ」という歌を詠んだが、言葉が幾つも重複してよい歌とは言えないけれど、私のまことの心の歌だ。

今一度生まれ変はらるるものならば再び日出美の母になりたし

八月十日（木）

相談員さんから気づくことが大事だと言われた。自分の感覚を信じること、気のせいだと思えばそれで終わってしまう。自分の都合のよいように娘の声を受け取っているが、それは私の自己弁護ではなく娘ならこう言うだろうということが分かっているからだ。私が娘の声を操作しているのではなく確かに娘の声なのだ。そう信じてよい。

私と娘には他人には分からない二人の世界がある。その世界の実在を信じよう。疑えば疑える、否定すれば否定できる、だが私には実在する世界だ。

肥料やれば花を咲かする薔薇のやうに愛すれば愛は娘にとどかむ

八月十二日（土）

花屋さんでお会計の順番を待っていると「花」の曲がかかった。「花は流れてどこどこいくの」という歌詞の曲だ。これは昔、伊豆の歌会で娘と二人で歌った曲だ。当時を思い出して懐かしく悲しくなった。

帰宅後その時のことを思っていると「おかあさんも幸せだったでしょ、だから私も幸せだったよ」と言ってくれた気がした。幸せだったことを知らせるためにこの曲を聞かせたのだろう。「人を羨ましがらなくてもいいよ、私たちは幸せなのだから」とも言ってくれたような気がした。

我とゐる娘の写真の笑顔にはほんのり甘えの見えてをるなり

八月十三日（日）

私が死ねば娘にお線香を上げてくれる人もいない。話しかけたり、思い出してくれる人もいない。私がいればそれができる。それが私の存在意義であり償いだ。

娘は自分の死後、私がどんなに苦しむか分かっていた。だから遺書にやさしい言葉を記してくれたのだ。そしてそれは娘の本心だと信じている。娘は懸命に三十二年を生きた。あたたかい愛で人々を包み患者さんを救った。

在りし日も我を支へてくれし子に亡き後もつねに守られてをり

八月十六日（水）

二年前の今日、娘が帰ってきた。あの日、もぎ取られたと話した翼はもぎ取られてなどいない。娘は亡くなるその日まで背中の大きな翼で患者さんを守り続けた。

為すべきことひたむきにかつ誠実に為して生きたる娘なりけり

八月十九日（土）

一年十ヵ月、死にたい死にたいと思いながらも生きる努力を続けてきた。歩けなくなって絶望したが、それでも一分歩こう、二分歩こうと、正の字を書きながら歩く練習を続けてきた。娘の名を汚してはいけない、私まで自死して娘の名前を冠した賞を傷つけてはならない、家の評判を落としてはならないと頑張ってきた。娘に「おかあさんは生きる努力を続けてきたから少しは償うことできたかな、償うことはできたと思っていい？」と問うと「思っていいよ、努力してたもんね」と言ってくれた。娘は私の努力を見ていてくれた。

一人娘（ひとりご）は親孝行にありけりとしみじみ思ふ雨のふる昼

八月二十一日（月）

脊椎外科の再診に行って来た。レントゲンは立ったまま正面と左横から撮られた。先生はレントゲン写真を見て「オッ」と言い、「婆さんだったのに」とも言った。「少し曲がっているけれど全く問題はない。手術しなくていい。おめでとうございます」と言い、その後何度も「おめでとうございます」と言いながら「薬でこんなことがあるんだね」とも言われた。娘がまたも奇跡を起こしてくれた。

東より西へ流るる雲見つつ亡き子を思ふ浄土を思ふ

八月二十四日（木）

相談員さんと二十分ほど話したが泣きっぱなしだった。「人は大切な人を思うとき、こんなにも謙虚になれるものだとあなたと話していて思う。感性豊かなお嬢さんだったと思う」と言われた。明日で娘が亡くなって一年十一ヵ月になる。私はひどい電話をした。それを思えば苦しくなる。来月は娘の三回忌だ。九月二十四日は、一年前も耐えたのだから耐えねばならぬ。

いつも娘の愛を感じる。私は娘に守られている。

亡き子より愛されてゐる幸せに気づきて今日も生きてをるなり

八月二十五日（金）

今日で娘が亡くなって一年十一ヵ月になる。今日、二人で旅行したときの写真を見たのも娘の導きだろう。「おかあさん、私はおかあさんから愛されて幸せだったよ」という言葉が心に浮かんだ。娘の言葉だ。それを教えるために写真を見せてくれたのだろう。

「こんなにも人を愛したことはない」と娘に告げし人のありけり

九月一日（金）

これからの道は娘が一緒に歩いてくれることに気づいた。娘が幼かった頃よく手をつないで歩いたが、今度は娘が私の手を引いてくれるのだ。三十二歳と三ヵ月一緒に生きたと思っていたが、おなかの中に居た日も数えると三十三年一緒に生きてくれたことになる。一年でも長く一緒に居たことに気づいてよかった。

娘は私の何倍も向上心を持って努力し、私より何倍もすぐれた人間になった。そして自分が正しいと思う道をまっすぐ歩いた。

私が死ぬ時には娘に迎えに来てもらえるような生き方をしよう。堂々と娘に会えるように「よく頑張ったね」と言われるように頑張ろう。私は娘の背中の翼に包まれている。


これの世に全力尽くして生きし子は全力尽くして人愛しけり

九月二日（土）

娘が「研究を止めたい、医局も辞めたい」と言ったとき「分かったよ、やめていいよ、いくらでも生きる方法はあるから」と言ってやれるような人間でありたかった。私は反対のことを言った。

娘は仕事が嫌いだったわけではない。一生懸命働いていた。仕事が嫌い、辛いなどという言葉は聞いたことがない。医師という仕事に誇りを持ち、患者さんのために心を尽くしたことは間違いない。

カサブランカが四輪咲いている。純白の花は娘の志のようだ。

医師として研究者として文字通り一生懸命子は生ききりぬ

九月十二日（火）

娘の研究が米国麻酔科学会で認められたお祝いをするため、二〇一五年六月末に元夫にも連絡して親子三人で食事会をした。五年ぶりに父親と会った娘は喜んでくれ、食事会の前日にもその翌日にも「おかあさんありがとう」とのメールをくれた。その三ヵ月後、娘はこの世を去ったのでこれが父親との最後の時間となった。自分の研究のことをパソコンで説明しながら楽しそうに話していたが、ほんとうは苦しくてならなかったのだろうに、その健気さが私を悲しくさせる。私に遠慮して連絡を絶っていた父親に数時間なりとも会わせてあげられたことがせめてもの慰めだ。

子に心清くゐてほしと言はれしゆゑ人をうらまず妬まずをらむ

九月十七日（日）

娘が死ななければ、重いウツ状態や薬剤性パーキンソン症候群、脊椎側彎症にもならなくて済んだのにと思えばバチが当たるだろう。娘が奇跡を起こしてそれらの病から救ってくれたのだから感謝せねばならぬ。十月十四日はS病院に行かねばならぬがこの日を最後にしよう。二年で通院を止められてよかった。もともとウツ病ではない。娘を亡くしたショックによる重いウツ状態が私の病名だ。薬は止められても心の痛みは一生治らないだろう。

娘は「私らしい私」に戻って亡くなった。誇り高く毅然とした娘に戻り、迷いを断ち切り、穏やかな愛に満ちた人となって亡くなった。だが、親としては何としてでも生きていてほしかった。

「お嬢さんはあなたが大好きだつたのよ」　言はれて涙こらへきれざる

九月十八日（月）

娘と一緒にいると思っても現実的には一人で生きて行かねばならぬ。私の葬式はせずにすぐに火葬し、娘のお骨と共に納骨式をすることになっている。

寝たきりになると人さまの世話になるしかないが、それは娘がいても同じ事だ。娘には娘の生活があるので心配をかけないで済むことをありがたいと思おう。

これからの一人の道を娘が手を引いて歩いてくれる。死ぬ時も迎えに来てくれ、地獄に墜ちるべき私の手を取って一緒にいようと言ってくれる。

今日は「おかあさんはやさしい親じゃなかったね」と話しかけると「やさしかったよ」と言ってくれた気がして涙が出た。娘は人を傷つけるような事は決して言わなかった。


老いの道歩きゆく我の手を引きてともに歩きてくるる娘か

九月二十三日（土）

二年前の今日は、娘と一日一緒に過ごした最後の日だった。毎年そう思い、毎年ひどい事を言ったと後悔するのだろう。

午後、研究室で仲良くしてくださったお二人からと、娘の中高時代からの友人二人から供華が届いた。仏間に愛らしいお花畑ができたようで、娘も喜んでいるだろう。

子が我を思ひてくるる心よりあたたかきものこの世にあるや

九月二十四日（日）

娘の座椅子を出して生前と同じ位置に置いた。二人でこうして食事していたのだと思うと懐かしく切なくなった。以前は椅子のシミを見ただけでも辛くなるので見ることができなかったが、今日はそのシミが娘の生きた証だと思っていとおしい。手で触れて「これからはずっと一緒だよ」と声をかけた。ここまで気持ちが変わることができた。だから泣けるようにもなったのだろう。アルバムもビデオもまだ見られないが、娘は生も死も関係なく私の傍に居てくれる。

これの世にありふれてある生と死に生かされて日出美の母となりけり

九月二十五日（月）

今日は娘の三回忌。

涼しい風が吹くと娘を思って寂しくなる。三日月が南西の空にかかっている。

子の逝きて二年経ちたり吹く風に娘の声のまぎれてをらぬか

九月二十七日（水）

今日はいただいた供華のお礼を心を込めて書いたし、お菓子も送ったので少し心が落ち着いている。娘も喜んでくれているだろう。

娘と私は分かり合っている。娘が守ってくれていると思わなければ、階段から二度も落ちたのに怪我だけで済んだことの説明がつかない。声が聞こえる（娘の言葉が頭に浮かぶ）ことの説明がつかない。娘は私のそばにいると言ってくれているのだからいるのだ。

「私らしい私」に戻りて彼の国に旅立ちし子よ幸せにあれ

九月二十八日（木）

相談員さんが「遺書の言葉は命がけの言葉だ。お嬢さんのほんとうの気持ちだ。『これからはずっとずっとおかあさんのそばにいます』の言葉はどんなにおかあさんを思っているか。何も思わなければそんなことは書かない」とおっしゃった。「心配してくれて大切にしてくれて愛してくれてありがとう」と復唱してくださったが、娘からそう言われているような気がして涙があふれた。ずっと泣いていた。この方の声を聞いたときから泣いていた。「二年間ずっとお嬢さんを思って自分を責め続けているのが母親の愛情です」とも言ってくださった。

「研究も医局も辞めてよいと言ひ生きてゐてほしいと言へればよかつた」

九月二十九日（金）

睡眠導入剤をのまなくなってから二十六日が経つ。途中で目が覚めてものんでいた頃より眠られるようになった。

娘は私を捨てたのでも置き去りにしたのでもない。置き去りにしたくなかったけれど天国に行くしか道がなかったのだ。だから私のそばにいると書いてくれた。自分が死んでからも私を守ろうとしてくれている。「これからはずっとずっとおかあさんのそばにいます。だから悲しまないで」の言葉は娘の愛そのものだ。
半月が南の空に輝いている。死後の私には遺族もいない。

道行きてもバスに乗りても子を思ふ涙ぐみつつ亡き子を思ふ

十月五日（木）

相談員さんから「お嬢さんはそばにいてたくさんの愛を送っている。それに応えないでどうするんですか。お嬢さんが生きてゆく道を教えてくれる。皆さん苦しみながらもここまで生き抜いてきている。あなたにもできます。早まったことをしないでください。いつか笑う日がきます」と言われた。笑うとはどういうことかと問うと「お嬢さんとの思い出を思い出してそんなこともあったわとにっこりすることができる」とおっしゃった。笑える日を生きて待とう。娘が導いてくれる。

たまらなく悲しく苦しくなりたれば遺影の前に座りて泣けり

十月九日（月）

娘が私の言葉でどんなに傷つき苦しんだかと思うとかわいそうでならず、どうして償えばよいのか分からず苦しくて仕方がない。娘が泣いているのにどうしてあんなひどいことが言えたのだろう。それでも私を許し、一切責めずにやさしい愛の言葉を最期の手紙に記している。私が生きていけるように「これからはずっとずっとおかあさんのそばにいます」と記してくれている。これ以上の愛があるだろうか。この愛に報いるだけの愛が私にあるだろうか。

娘は「私らしい私」に戻り、穏やかでやさしく愛情あふれる娘になって天国へ旅立った。娘の大きくて深い愛には及ばないが、私のできる限りの愛で娘に償おう。

抱きしめるのは恥ずかしくてできないからおんぶしてやりたい。おんぶしながら「ごめんね、ひどいこと言ってごめんね、悪いおかあさんでごめんね」と謝りたい。娘は今「分かっているよ」と言ってくれた。

私はやさしい母ではなかったが、娘と正面から向き合った。向き合って娘の歌を詠った。生まれたときから詠ってきたし、亡くなった今も娘を詠っている。死後の歌など詠わないで済めばどんなによかったか。婚約、結婚、孫の誕生、母として成長してゆく娘の姿を詠いたかった。

だが、私が生きている限り、娘への愛を詠いつづけることはできる。今までどおり娘と向き合って歌を詠む。生きている間に十分に与えることができなかった母の愛を娘に与え続ける。

子の部屋に掃除洗濯に通ひしも母なる幸せの時間なりけり

十月十三日（金）

相談員さんが「写真が笑み返してくれるのもそう見えるのではなくて、実際にお嬢さんが笑み返してくれている。頭に浮かぶ言葉もあなたの都合のよい言葉ではなくて、実際にお嬢さんの言葉です」と教えてくださった。そう信じよう。

苦しめば苦しむほど娘の真の愛情に気づく。今まで見えなかった愛が見えてくる。

下りて来るはずはなけれど電車着けば娘の姿ついさがすなり

十月十四日（土）

S病院は今日で最後とした。薬は要らないと言えなかったのでもらってきた。二年は保つらしいので保管していてもよいだろう。先生は「自分の力で眠れるようになったのだろう」とおっしゃった。娘が遺書に「これからはずっとずっとおかあさんのそばにいます」と書いてくれているが、そばにいるのでしょうかと問うと、「自分の意思でそう書いているのだから絶対いますよ」と応えてくださった。そう私も信じよう。カウンセラーさんは「これから会えなくなるのは寂しいわね」とおっしゃった。丸二年通院し、いろいろあった。薬の副作用で大変な目にも遭ったがこの病院でよかった。職場のスクールカウンセラーさんや前副校長先生のおかげだ。娘の導きだったのだろう。

庭に咲きし小菊供へて祈りをりこの世に神のいまさぬ日々も

十月十五日（日）

娘だけが信頼できる人間だった。母である私が支えてもらい、わがままを言わせてもらった。娘は私を愛していたからこそ心配をかけまいとして苦しみに耐え、三十二年の生涯を文字通り一生懸命に生きた。

娘はいつも自分が我慢した。そして人を許し人の幸せを祈るやさしい人だった。今、その愛の深さがしみじみ分かる。私の愛は娘の死後、ようやくまことの愛となった。

まことなる愛を教へてくれし亡子を我もまことの愛にて愛す

十月十六日（月）

娘を思えば胸の中が涙でいっぱいになる。一年前まで高校講師として働いていたことが遙か昔のことのように思われる。

娘が二歳四ヵ月になった十月から産休代替講師として働き出した。それから三十年よく働いた。授業観察で、ある校長先生から「先生の授業を観ていて私も授業がしたくなりました」と言われたのが一番嬉しいことだった。こういう話を娘にすると喜んでくれた。ほめられて嬉しかった話は全部娘にしてある。

我が死ぬるまで手放さぬ遺書抱きこの世に残りし命を抱く

十月十九日（木）

娘のスマホを二年ぶりに充電して動くようになった。生きていた当時の言葉を見ることができる。画面に爪痕がある。娘が帰って来たような気がする。

スマートフォン二十五カ月ぶりの充電に動きて娘がよみがへりたり

十月二十日（金）

娘のスマホを見る。二〇一五年九月二十四日に「明日気をつけて行って来なさい」という私からのメールがあった。ひどい電話をした後に電話がつながらないのでメールしたのだろうが忘れていた。メールしていてよかった。娘は見てくれただろう。少し気が軽くなった。また私を慰めてくれた。

子とつねに在りしスマホを両の掌（て）に包めば命つつめるごとし

十月二十一日（土）

相談員さんが娘のことを「正直で真面目すぎた。もう少し逃げるようなところがあってもよかった。まっすぐで真面目すぎるところはあなたに似たのだろう。あなたも真面目すぎるから自分を責めて苦しんでいる。すばらしいお嬢さんだった」と言ってくださった。娘がほめられるのが一番嬉しい。

娘は「私らしい私」に戻って旅立った。苦しんでいる娘はもういない。あの寂しげなまぶたを泣きはらした娘はもういない。やさしく穏やかで明るい笑顔の娘になって天国へ旅立った。

子への電話つながらばいかに嬉しからむ解約せしに呼び出してをり

十月二十二日（日）

日出美ちゃん、八月十六日に「おかあさん話がある」と帰って来たときがもう限界だったのですね。それから四十日、おかあさんのために生きてくれたのですね。

一回だけだったけれどあなたをおんぶできてよかった。重くなかった。どうしてでしょうね。全然重くなかった。あなたの太ももの感触が手のひらに残っている感じがします。ほんとうは九月二十三日もおんぶしたかったのだけど、あなたが他の人のことを言うものだから、おかあさんは焼きもちを焼いて反対のことを言いました。ごめんね。この二年、いろいろ辛いことがつぎつぎと起こりましたが、何とか生きています。あなたが守ってくれたおかげです。おかあさんは自分のやるべき事が分かったのでそれをやり遂げるために頑張ります。あなたの生きた証を残すための歌集出版を目標に生きます。

てのひらに残れる娘のぬくもりを空に見せむとひらくてのひら

十月二十九日（日）

二〇一五年暮れ頃から泣けなくなり、それと同時に遺影に語りかけることもせず、娘の形見の品に目をやることもできなくなった。それらを見るとハッとして胸が痛んだ。思い出も思い出さないようにしていたが、思い出さないわけはなかった。思い出はすべてが辛かった。一年半はそうだったろう。娘はそばに居て、ずっと見守ってくれていた。

二〇一七年七月三日に突然泣けるようになり、それからはずっと娘に語りかけては泣いている。娘が亡くなって二年一ヵ月が経ったが、一ヵ月がはるか昔のような気がするし、二年が昨日のような気もする。

彼岸此岸の二人の世界に子と我は心かよはせ生きてをるなり

十一月五日（日）

娘は私の罪のすべてを許し、愛していることを伝え、私の愛も受け止めていたことを記し、亡くなってからも私の傍にいるという大きな愛を与えてくれた。こんなにやさしい人がいるのかと思うくらいやさしい娘だった。そのやさしさが私を悲しくさせる。

娘は世の中の役に立つ医師になると確信していたが、三十二歳で亡くなった。我が家の血は絶える。仕方がない。どうしようもないのだ。残った私が娘の生きた証を必ず残す。

娘の愛に報いなかったことを思うと苦しくてたまらなくなるが、私にできることは歌で謝り、歌で感謝するしかない。

伊豆の海のやうに美しく広き心持ちたしと詠ひし十三歳（じふさん）の娘

十一月九日（木）

「おかあさん、私はいっぱい頑張って生きたよ。後はおかあさんが頑張って私とおかあさんの歌を詠ってね」という娘の言葉が心に浮かんだ。娘は分かってくれている。

子と我の愛を詠ひ残さむと決めしより心とりもどしをり

十一月十日（金）

娘の死によって私の愛は深まり、感謝の気持ちも深まった。娘の深い愛情にも気づいた。私の愚かさもよく分かった。それらすべてを歌に詠み込みたい。もっと深い愛を詠わねばならぬ。

あはれあはれ子を亡くさねば気づかざりし子を思ふこころ親思ふこころ

十一月十二日（日）

娘の生きた証とするための歌集出版を考えているが、できれば自死遺族の方々に寄り添う歌集ともしたい。この歌集の中に自分と同じように苦しんでいる人がいると思って、ほっとしていただきたい。

私の歌にそれだけの力があるかどうかは疑問だが、親が子を思う以上に、子が親を思う愛の深さを伝えたい。

ひとつぶの涙となりて子を亡くしし人のこころに寄り添ひゐたし

十一月二十日（月）

娘は私の期待に応えようと努力したが、娘自身が努力することが好きだったのだと気づいた。私が強いたのではない。自ら自分を成長させたのだ。

「正しいと思つたことはやる」と言ひしかつての娘の声聞こえたり

十一月二十一日（火）

今朝、娘の勤務した神奈川県内や都内の病院、さらに派遣で毎週金曜日に通った静岡市の病院、当直依頼で何度も行ったさいたま市の病院を訪ねてみようと思った。一生懸命に働いた娘の思いを感じ取るために行ってみよう。そういう気持ちが出てきたことは前進の証だ。娘のことだから精一杯働いたにちがいない。その命の光がまだ残っているだろう。その光を受け取りに行こう。歩けるようになってよかった。

子の勤めし病院訪ひて懸命に生きたる証この目に見て来む

十一月二十七日（月）

研修五年目に勤務したⅠ市の大学病院の受付で名乗り、娘が勤務していた当時の先生にお目にかかれないかと言うと、麻酔科教授室に案内してくださった。教授はにこやかに応対してくださり「朗らかで知的なお嬢さんだった。悪性高熱症の論文も発表前に見たが立派だったので、さすが桜蔭だと思った。自分も高校生の頃、桜蔭の文化祭によく行っていた。新宿に戻ってからもこちらの先生の結婚式に来てくれていた」とおっしゃった。手術から戻って来られた先生が控え室の娘の机だったところを見せてくださった。黒板の溝のところには娘の送別会の時の写真が立てかけてあり、嬉しくて泣きそうになった。この病院を去って五年半にもなるのに、娘は麻酔科の先生方の思い出の中で生きている。

帰りに、娘のマンションを紹介してくださった不動産屋さんに寄ると、奥さまが娘の写真を撫でながら「目が輝いているかわいいお嬢さん」と涙声で言ってくださったので私も一緒に泣いてしまった。帰り際何かくださったのでバスの中で見ると、可愛らしいポーチの中にお金と「生きてください」というメモが入っていた。私が痩せ衰えてしまったのを心配してくださったのだろう。人の情けがほんとうにありがたい。

派遣多く超多忙なる子を支へむと果物煮物など届けゐしかな

十二月二日（土）

今日から自死遺族の電話相談へ電話するのは止めよう。苦しみは歌に託すようにしよう。二年一ヵ月ほど甘えさせていただいてありがたかった。よく泣きよく嘆き、よく慰めていただいた。電話を受ける方も遺族としての体験談を聞かせてくださり、どれほど救われたか分からない。

「いつもではないけど傍にゐることを感じます。あなたもきつとさうなりますよ」

十二月八日（金）

昨日、猫が万歳した格好で寝ていたのを見て笑ったし、少し前からテレビがおもしろいことを言えば笑っている。娘が亡くなってからは、私はもう決して笑うことはないと思っていたが笑っている。笑えるのだ。お花などを見て美しいと思うようになったので少しずつ感情が戻っているようだ。歌集出版を決めてから気持ちが前向きになっている。

昨日のテレビは「人間帰るところがあればどこへでも行ける」と言っていた。私の帰るところは娘の許だ。だから娘の勤めていた病院に行きたくなったのだろう。娘の残した足跡を訪ねて、命の光を受け取って来よう。

子の生きし証いくつも確かめたく勤めし病院訪ねゆかむぞ

十二月十日（日）

二〇一五年、娘が横浜で誕生祝いのランチをごちそうしてくれた。ナッツのパウンドケーキも作ってきてくれた。いつもならディナーをごちそうしてくれるのだが、この夜はオンコールなのでお昼に会うことになった。私が新宿に行けばよかったと今さらながら後悔している。

昨日はみなとみらいの病院を訪ね、思い出のレストラン二ヵ所にも行ってケーキと紅茶をいただいた。二ヵ月前まではお店の中に入ることができなかったのに、昨日は何の抵抗もなく入れた。娘と一緒にいるという気持ちが強くなっているのだろう。二人でずっと続けてきたことをこれからも続けてゆく。娘が喜ぶことをする。

一人娘（ひとりご）の花嫁姿を見たかりけり孫を抱きてみたかりけり

十二月十一日（月）

今日は娘の月誕生日なのでケーキをふたつ買ってきた。レアチーズケーキとフルーツタルト。娘が亡くなってから初めてふたつ食べさせられると思うと嬉しくて明るい気持ちで帰って来たが、テーブルにおいてもケーキはなくならない。それが悲しかった。フォークも動かず紅茶もケーキもそのままだったが娘は食べてくれたと思おう。
生きている娘に会いたい。ケーキを食べてくれる娘に会いたい。イチゴをワンパックぺろりと食べる娘に会いたい。

在りし日のままの娘のベッド横に布団を敷きて今日は眠らむ

十二月十五日（金）

昨夜十時頃、ふたご座流星群を見ようと思い、遺影を抱いてベランダに出るとすぐに大きな流れ星が目に入った。強い光を放ちながら時間をかけて左から右へ流れて行ったが、こんな流れ星を見たのは初めてだ。娘も驚いただろう。

ふたご座は娘の星座たまゆらの光となりて我がもとへ来よ

十二月二十二日（金）

静岡市の病院に行く。新幹線は二〇一五年五月の伊勢旅行以来だ。

麻酔科部長の女性医師が手術室前まで案内してくださった。「トラブルは全くなくてよく助けていただきました。当日は明るくしていて全く何も気づきませんでした。いただきもののチョコレートをあげると喜んでいました」と話してくださった。電話でお話しした男性医師も「いつも以上に熱心に仕事をなさっていました」とおっしゃったのを思い出した。死の覚悟をしているのにどうしてそんなに元気に明るくできたのだろう。いつもそうやって自分の心を隠していたのだと思うとかわいそうでならない。

「突然のことでご迷惑をおかけしました」と詫びると「私たちも何か分かっていればお力になれたかもしれません」とおっしゃってくださったのがありがたかった。

この方は濃いブルーの手術着を着ていらしたが、娘がいたときは淡いブルーだったとか。手術室も新しくなったが、娘には長く来てもらったので古いときも新しいときも知っているとおっしゃっていた。

待ち合はせせしを思ひて見上げたる駅の階段　娘が下りてくる

十二月二十四日（日）

今夜はオードブルとフランスパンとケーキを買ってきた。クリスマスのお祝いができるまでに二年三ヵ月かかった。これからは二人で以前のようにしてゆきたいと思っている。

パリより届きしクリスマスカードテーブルに置きてつつましきイブ

十二月二十六日（火）

娘と一緒ならどこへでも行ける。何事も「できない」ではなく「できる」と思って行動しよう。娘への愛をもっと深め、自分の心を深く見つめてその奥から言葉を探すようにしよう。

「会ひたいといふ人がゐれば会ひに行くと言つたでしよ　おかあさん会ひたい」

十二月二十七日（水）

浦和へ行く。

産院は病院となれどこの場所に確かに娘は誕生しけり

ゆかりある場所を巡りぬ保育園図書館マンションつきのみや神社

十二月三十一日（日）

夕食に年越しそばを作った。明日はお雑煮を作る。

一人ゐて四度目となる大晦日娘の座椅子に猫が寝てをり

二〇一八年

一月一日（月）

七時十分頃、出窓のカーテンを開けて初日を浴びると額があたたかくなった。娘のぬくもりだ。朝日は日出美だ。

お雑煮を作ったが以前と同じ味にできてよかった。お年玉もお供えした。

娘にお年玉供ふ「おぢいちやんおばあちやんおかあさんより」

一時間ほど遺影の娘と話したり我が問ひかけにほほゑみ返して

一月五日（金）

小田急で江島神社に行った。娘と行ったときのように甘酒をのみ、帰りも江ノ電の方に歩いて羊羹を買ってきた。

子と二人続けてきたりし初詣　まはりは無声映画のやうなり

一月八日（月）

昨日浦和へ行き、娘が生まれた頃からお世話になったお宅を訪ねた。

おばちゃんは娘のことを人形のような存在だったとおっしゃった。手のかからない子だったのでちょうどよいかわいがりものだったのだろう。娘もわがままいっぱいにふるまっていたようだ。

私にはよい子でいなければならないので気を遣うが、おばちゃんは何でもほめてくれるし好きなようにさせてくれるから心を全開にしていたのだろう。鏡台用の丸椅子に立って歌ったり踊ったりしていたというが、私はそんな姿は一度も見たことがない。

人生はどこでどういうふうになるか分からない。娘が中学受験をしなければどうなっていただろう。早く結婚してやさしいおかあさんになっていたかもしれない。その方が幸せな人生だったかもしれない。

だが、娘は自分のやりたいことを精一杯やった。命の灯を燃やし尽くしたように三十二歳で自死してしまったが、充実した人生を送った。それは確かだ。いつも一生懸命で努力し続けた。「こころの電話相談」の方がおっしゃってくださったように正しく美しく生きた。

三十四年前娘の生まれし家の庭を遺影となりし子に見せてをり

この場所にたしかに娘は生まれたり朝日とともに生まれたりけり

一月十九日（金）

娘が研修四年目に勤務した都内S区の病院へ行く。

総合案内の方が「何かお探しですか」と声をかけてくださったので事情を話すと看護師さんを呼んでくださった。若い方で、私を見た途端その目が涙でいっぱいになったので私も涙があふれた。「いい先生でした」とおっしゃった。ロッカールームに案内してくださり「ここに先生がいました」と教えてくださった。ありがたくて人の情けが身にしみた。

愛といふ言葉無造作に使ひをれど子を思ふ思ひをいかに言ふべし

一月二十日（土）

初期研修の二年を終えて母校の大学病院に戻ってからの一年は手術室担当だった。急いでお昼を食べたらすぐに手術室に戻って交替するので休む間もないと言っていたし、一日中手術室に閉じこもっているので寒いとも言っていた。初期研修は神奈川県のＨ市、三年目は大学、四年目が都内のＳ区、五年目が神奈川県のＩ市、六年目が母校の大学でＩＣＵ担当だったが、その都度の引っ越しが大変だった。大変だったけれども娘との引っ越し作業が楽しかった。

手術室ＩＣＵは子の仕事場　近づきたくてドア前に立つ

一月二十二日（月）

十時前からぼたん雪が降り出した。一時頃から積もり出す。二〇一五年一月一日の雪を思う。娘と藤沢で待ち合わせて江島神社に行ったが、いつも通り明るくふるまっていた。

雪は娘の涙だ。


雪降れば亡き子をおもふ降る雪は亡き子の涙天よりのなみだ

一月二十三日（火）

気がつけばご近所の人と笑顔で話している。人に何かしてあげようと思うときは笑顔になるのだろう。娘がいつも笑顔でいたのは無理をしているのではなくて、この人に何かしてあげようという思いが強かったからなのだろう。

亡くなる十二日前の友人の結婚式の写真にもやさしい笑顔でいる。友人の幸せを心から願っているからだろう。死の当日、静岡の病院で明るくふるまっていたのも患者さんのことを思って仕事をしていたからだ。無理をしていたのではない。患者さんのために心を尽くして仕事をしたのだ。娘がまたひとつ教えてくれた。

明後日から特別に強い寒波がやってくるようだ。こんなに強い寒波は三十年以上なかったとのこと。最低気温は氷点下が続く。

何事にも真剣勝負に向かひたる子の一途さのかなしかりけり

一月二十四日（水）

Ｓ区の病院の看護師さんからいただいた送別ビデオの箱の中からカードが出てきた。「先生のおっとりとした笑顔が好きでした。和みました。先生といると安心して仕事ができました」と記してある。ありがたいことだ。皆さんから愛されていたのだろう。

娘の働いた病院のほとんどは訪ねることができたが、私の行動はかなり怪しくて不審者に見られたかもしれない。誰からも咎められなかったけれど、それぞれの病院でそれぞれの導きがあった。娘は仕事場を見てほしかったのだろう。

仕事中の娘のビデオ賜りぬピンクのキャップにピンクのマスク

一月二十六日（金）

成年後見人契約をした。公証役場に行った直後に銀行口座を作るそうだ。契約すると毎月一回、一日から五日の間に私から電話し、三ヵ月に一度自宅で一時間ほど後見人と面談するという内容で年間四万五千円ほど支払うことになるようだ。認知症になると毎月二万五千円を払わねばならぬ。世話をしてくれる人が他にいないので仕方がない。認知症になって、この家を守れなくなったら私の生きている意味はなくなる。

お金のことも心配だが、最後まで頭をしっかりさせて私らしく生きてゆくしかない。この家で娘と二人で生きてゆく。それでよいのだ。それで幸せだ。

「月よりも星になりたい」と詠ひし子は我を導く星となりたり

二月十四日（水）

娘が亡くなってずっと眠れない日が続き、三時間眠れるとよい方だった。寝ても覚めても娘に為したことを思って苦しみ、苦しいことしか思い出さなかった。よく生きてこられたと思うが私一人の力ではなく、娘に生かされてきたのだ。娘と一緒に生きていると思えるようになってから私は強くなった。自死遺族の方々にもこのように気持ちは変化していくことを伝えたい。電話相談員さんから助けていただいたように、私も自分の体験談を伝えることによって、遺族の方々に寄り添いたい。私の場合は、階段から二度落ちても怪我だけで済んだことから、娘の存在を信じようとするようになり、守られていることを感じるようになった。
そこから少しずつ娘の愛に気づき、自分の愛の浅さにも気づいた。そして娘が生きた証を確かめるために行動するようになった。

子と共に生きをると信ずるこの頃は心が前を向きはじめたり

二月二十日（火）
成年後見人さんと公証役場に行く。これで私を火葬し、娘と一緒にお墓に入れてくれる人が決まった。後見人さんの名前が分かるように冷蔵庫の中、電話帳、財布の中にも名前を書いて入れておくように言われた。

身寄りなき我をお骨にしてくるる人決まりたり死後のすべても

二月二十三日（金）

夕食に生姜焼きを作った。キャベツとトマトとアスパラガスを添えたので彩りがよく、娘がいた頃のようなおかずになって嬉しく思った。なめことおとうふのおみそ汁も作ったので「おいしそうだね」と言って食べてくれたような気がする。これからはなるべく娘がいた頃と同じような食事ができるようにしよう。そういう気になったのも心が前を向いている証拠だ。

子の笑顔今もこの目に見ゆるなり「ああおいしかつたごちそうさまでした」

二月二十五日（日）

娘が亡くなってちょうど二年五ヵ月になる。よく生きて来られた。

子はたしかにこの世を生きけり誕生祝ひの鳩時計今も時を刻みて

三月一日（木）

今日から三月。昨夜は私の誕生日のためにパウンドケーキを焼いてくれたことを思い出して涙が出た。私が食べたいと言ったので焼いてくれたのだ。深夜ラボから帰宅し、翌朝も早く起きたのだろうに無理をさせてしまった。「忙しいから今度にするね」と言えば済むのに、娘はそうは言わず願いを聞き届けてくれた。そのありがたさに三年経って気づいた。「おいしかったよ」とお礼は言ったが「無理させてごめんね」という気持ちを伝えなかったことを今になって申し訳なく思う。これが娘手作りの最後のパウンドケーキとなった。今日で六十七歳が終わる。

やさしき娘なりけりまつすぐに生きて母なる我を導きぬ

三月二日（金）

今日は私の誕生日だ。娘から祝われなくなって三度目の誕生日。いろいろ思い出す。

今年は三月三日が土曜日なので、娘がいればおひな様と誕生日を一緒に祝おうとどこかのレストランに連れて行ってくれただろう。

娘のおかげで楽しい思いをいっぱいした。おいしいものをいっぱい食べ、美しいものをいっぱい見た。私は幸せな母だった。私が幸せだった分、娘は我慢することもあっただろう。思いやり深い子だった。

桃の花のつぼみがたくさんふくらんでいる。母が日出美のために植えてくれた木だ。

誕生日祝ひてくれし子のメール誕生日の今日読み返したり

三月三日（土）

二〇一五年七月三十日に娘とディナーをいただいた丸の内のレストランに行く。フルコースのランチを注文し、事情を話して娘の分のお水をいただけないかとお願いすると、二人分のお水とスパークリングワインをプレゼントしてくださった。お店の方の思いがけないご厚意がありがたくて涙ぐんでしまった。

娘が亡くなってはじめてアルコールをいただいた。娘もおいしくいただいただろう。久しぶりの贅沢をした。

たまはりしスパークリングワインに乾杯し三年ぶりのおひな様祝ふ

三月十四日（水）

今日はホワイトデー。いただいたお菓子を持ち帰ってくれて二人で食べたことを思い出す。何かにつけ親思いの子だった。思い出すことはいつも娘のやさしさだ。

市の広報にボランティア大学のお知らせがあったので応募した。五月九日から講習が始まる。人さまの役に立つことを学ぼう。これも娘の導きだ。

さくらんぼ豊後梅桃の花も咲き三度目の春が我が家に来たり

三月二十一日（水）

娘のスケジュール帳を見てたいへん多忙だったことが分かる。こんな状況ではＳ病院の先生が言われたように過労死と同じだ。静岡市の病院に派遣で行くことは分かっているのに前々日とか翌日にはＩＣＵ当直をしている。さいたま市の病院では土日の二十四時間当直をしている。毎日遅くまでラボで実験しているというのに、麻酔科医としての仕事も頼まれれば断るわけにもいかなかった。

亡くなる数日前、「臨床医の方がまだマシだ。仲間がいるから」と言ったのが哀れだ。独りぼっちの研究で孤独にも苦しんでいた。

夕食前に娘に詫びを言いながら祈ったが「おかあさん、そんなに苦しまなくてもいいよ」と声をかけてくれた。いつもやさしい言葉をかけてくれる。私は娘の苦しみを知らない。やはり苦しみから逃げている。苦しくてたまらなくなると自死遺族電話相談に電話して泣き嘆いた。そうやって人さまに助けていただいた。娘は誰にも泣き嘆かず一人で耐えた。私にだけは泣いて本音を言っていたのにちゃんと受け止めてやらず、説教ばかりしていた。娘は必死に耐えて生きた。心が壊れる寸前まで頑張って生きた。


辛抱に辛抱重ねて生きし子になほ守られて在るをかなしむ

三月二十三日（金）
信濃町に行き、新宿御苑にも寄って水道橋に行った。母校の校長先生が図書室へ案内してくださり、針馬日出美文庫を見せてくださった。ドアを開けると真正面にあった。生徒は理系が多いので本を見やすいようにしたとのこと、理系の本と一緒に娘の歌集も作品集も二段目の棚に置いてくださっていた。

化学部の顧問でいらした先生が、「年賀状にいつもお花がたくさんあった。お花が大好きだったのでしょうね。私は魂の存在を信じます。おかあさまの横で嬉しそうににこにこしているようです」とおっしゃったのでありがたくて泣きそうになった。先生方は私が元気そうにしていることを喜んでくださった。

子の逝きて三度目の春ややうやくに桜の花も目に見ゆるなり

三月二十六日（月）

娘の元担任の先生からお電話をいただいた。仕事はどうしたかと問われたので辞めたと言うと惜しんでくださった。娘は面談の時に、私が高校講師をしていることを話して「尊敬している」と言ったそうだ。私が頑張っていたことを認めてくれていたのだろう。ありがとう、日出美ちゃん。今日は先生のお言葉を借りて娘が励ましてくれた。先生も「日出美さんはおかあさまのそばにいると思います」とおっしゃってくださった。

木々の葉を吹きすぎてゆく風よ今娘の声を聞かせてくれぬか

三月三十一日（土）

本日、娘は医学博士になって大学院を修了したと思うことにした。今まで何でもやり遂げてきた子だったから。

お祝いのつもりでトルコ桔梗・カーネーション・テッポウユリなどの入った花束を買ってきた。ローストビーフやサンドイッチ、サラダも買い、シャンパンの代わりにレモンソーダを買った。ケーキは抹茶のテリーヌ。

娘は生前言っていたようにアメリカに留学したかもしれない。そうであってほしい。

ああ娘よ今年は春が見ゆるなり桜の花に心が動けり

大学院修了祝ふ夕食会目には見えねど子はここにゐむ

四月四日（水）

アメリカからの留学生で、帰国前にお線香を上げに来てくれたMさんから手紙が届いた。ケンブリッジ大学でアルツハイマー病の研究をし、現在は博士課程入試の勉強に励んでいるそうだ。すばらしいことだ。娘ができなかったことをMさんには是非やり遂げてほしい。

外国(とつくに)に研究続けゐる人の夢に向かへる凜々しきこころ

四月十三日（金）

娘が背中の翼で私を包み守ってくれている。だから階段から落ちたときも怪我だけで済み、歩けなくなっても歩く練習をさせて歩けるようにしてくれた。嘆くばかりで練習をしなければ歩けなくなっていただろう。整骨院に行くことも教えてくれた。すべて娘のおかげだ。

かずかずのかなしみあれど子の翼に守られてある果報者なり

四月十九日（木）

下ゆでされたたけのこを煮物にし、たけのこごはんも作った。ふたつともおいしくできた。これからはまた季節ごとのごはんを作って食べさせてあげよう。

子とともに生きし三十二年の歳月を目を閉ぢて思ふ心におもふ

四月二十四日（火）

娘が初期研修で二年勤めたH市の病院へ行った。本館をうろうろしていると看護師さんから声をかけられたので思い切って娘の名を言った。聞いたことがあるとのことで医局と連絡をとってくださり、担当の方が来てくださった。研修五年目で他病院に勤務していたときも週一回こちらに派遣されていたとのこと。娘は最後の仕事を終えた日にお菓子と心のこもった手紙をお渡ししたそうだ。また会えると気楽に思っていたが娘の死を聞き、ずっと気にかかっていたので私に会えて嬉しいとおっしゃってくださった。

娘を含めた同期の女子三人はきらきらしていて、医局でよく勉強していたそうだ。その医局にも入れてくださり、勉強していたという机も見せてくださった。一生懸命勉強している娘の姿が見えたような気がした。ここでも人さまの情けが身にしみた。病院は建て替えられてしまったが、周りの大きな木々たちは娘のことを覚えていてくれるだろう。そう思うと少し寂しさが薄らいだ。

初期研修終へて八年病院は正面玄関より取り壊されをり

当直に三十時間寝てをらぬとあくびばかりしてゐしかの日

「初任給もらつたから五万円あげるね」嬉しき嬉しき日なりけり

子の宿舎なりし建物の壁に寄り手をふれて礼と別れ言ひきぬ

四月二十七日（金）

今日は思いがけず、娘がアメリカのペンシルベニア大学小児救急に短期留学したときの身分証が出てきた。青いラインの中に白抜きで「MEDICAL STUDENT」とある。少し緊張しているような表情の写真だ。二十三歳の娘に会えて嬉しい日となった。留学当時に詠んでいた歌を記す。

この夕日はアメリカに回りゆくなれば娘の無事を頼み拝みぬ

月曜と火曜は救急車に乗るといふ娘の無事を切に祈れり

「おかあさんは心配しすぎる」と言はれても我には遠き遠きアメリカ

四月三十日（月）

娘は大学六年のとき、救命救急部の部長を務めた。自分がやりたいことをやるには部長になるしかないと立候補したことを思い出す。麻酔科医になったが救急に移ることも考えていた。麻酔と救急は似ているところがあるのだそうだ。

人の命を救いたかった子が自死しなければならなかったとはあまりにかわいそうだ。どうしてこんなことになったのか。私の責任もあるだろう。

娘のために私も人さまの役に立つことをしようと思うようになった。五月九日からボランティア大学も始まる。新しい事への挑戦だ。

亡き娘に導かれつつ生きてゐて幸せと思ふ出来事もあり

五月九日（水）

ボランティア大学に行く。社会福祉協議会主催のボランティアに関する学習会で、今年で三十年になるのだそうだ。専門講座の説明があったが学問関係はない。不器用な私ができるとすれば聴覚障がい者のための要約筆記だろう。文字が下手なので心配だが読めないことはないだろう。六月二十日まで頑張って参加しよう。

人づきあいは苦手な方だが、ボランティア大学と自死遺族のためのわかちあいの会とで人さまとの接触が多くなる。仲間もできるだろう。娘が導いてくれる。人の命を救うことはできないが、何か一緒に楽しむことはできるだろう。障がいのある方と触れることによって学ぶことも多いだろうし、心も成長できるだろう。

生くる道は亡き子が教へてくるるとぞ言はれて何か落ち着きにける

五月十三日（日）

娘からもらった母の日のカードを見る。二〇一三年の母の日にカーネーションの鉢に添えられて届いたものだ。言葉だけではなく赤と緑の色鉛筆でお花も描かれ、その心遣いが嬉しかった。このカードは毎年、母の日が来るたびに見ることにしている。「おかあさん、いつもありがとう。これからも元気でね。お互いに頑張りましょう」と書いてくれている。私たちはお互いに頑張り合っていた。娘がいた頃は興味のあるものには挑戦してみようという意欲があった。娘と競争していたようなものだ。私たちはそういう親子だった。

些細なることにもつねにありがたうと言ひをりしかな親の我にも

五月十八日（金）

思い立って横浜のみなとみらいへ行く。娘との思い出がたくさんある街だ。

折しもパシフィコ横浜で第65回麻酔科学会学術集会が開催されていたが、この学会にもかつて娘が出席していたことを思い出した。

ホテルの最上階のレストランでレディースランチコースを注文。テーブルに娘の写真を置くと「それはどなたですか」と問われた。二〇一五年三月、娘がこのお店で私の誕生日を祝ってくれたが、その日は雨でせっかくの海が見られなかった。「また来ようね」と約束していたが娘は亡くなったので私一人で来たと話した。「娘さんは何がお好きでしたか」と問われたので「甘いものが好きでした」と応えるとしばらくしてアップルジュースを持って来てくださった。海が一望できる窓際の席を娘が予約してくれたことも話していたからか、窓際の席が空くとそちらへ移るかと言われたので、ありがたく移らせていただいた。娘も一緒にランチを楽しんだことだろう。

この席には座れないと思っていたのでお店の方のお心遣い、ご親切がほんとうに嬉しくありがたかった。もうひとつの横浜のレストランでも東京のレストランでもやさしく接していただいた。人さまの情けが心にしみる。


子のスマホ我がケータイを並べ置き親子一緒にここにをるなり

五月二十三日（水）

ボランティア大学に行く。要約筆記の実技を三人で見せてくださった。資格を取るには県の養成講座を毎週一回、約一年間受講せねばならぬとのこと。大変そうだが、今回の講座で私にできることはこれしかないだろう。資格が取れるのはおもしろい。娘が応援してくれるだろう。

この頃の私の頭はおかしくなっている。何でもすぐ忘れてしまう。娘を亡くしてから泣いてばかりいたし、その苦しみのせいで脳が萎縮しているのだろうか。階段から落ちたとき、後頭部を怪我したことも関係しているだろうか。

だが、脳神経は回復すると聞いた。新しくつながってゆくとも聞いた。それを信じて頭を鍛える努力をしよう。そういう意味でも要約筆記は役に立つだろう。

夜の窓に映れるは子かと思ひたり我が肩のかたちと同じなりけり

六月十一日（月）

これからは、楽しい・嬉しい・幸せだと感じることはもうないだろうと思っていたが、娘と一緒に歩いていると思えば楽しいし、嬉しい。姿も見えず声も聞こえないけれど、この世に一緒に生きてくれていると思えば、私は生きられる。

今日は娘の誕生日なので、筑前煮・れんこんのきんぴら・ごぼうのきんぴら・かぼちゃの煮物を作った。久しぶりのお野菜たっぷりのおかずで喜んでくれるだろう。

母娘(おやこ)してよくあそびけり何事もふたり一緒にたのしみにけり

六月二十三日（土）

娘は過去の人ではない。今も私とともに生きて、命の灯を届けてくれている。生きて行く道を照らしてくれている。娘と私はその灯でお互いを照らし合っている。

亡き娘とともに生きをる精神の世界は深き愛に満ちたり

亡き子より守られて生くる幸せをこの世にしかと詠ひとどめむ

七月三日（火）

娘との思い出をたどることが私の喜びとなっている。娘の死後、写真すら見ることができなくなった。座椅子の染みさえ見ることが辛くて片付けてしまったが、今は何もかもがいとおしくてならない。ビデオも見ることができなかったが、今は娘に会いたくなると見るようにしている。

娘に愛受け入るる器あらば容量いっぱい愛を注がむ

七月五日（木）

テレビのおもしろい場面で笑った。娘がいないのにいつ頃から笑えるようになったたか。昨年秋頃、整骨院の先生が冗談を言って笑わせてくれた。それが最初だった。それから何度か笑い、今年の春頃からご近所さんに笑顔で挨拶できるようになった。電車にも乗る。レストランにも行く。横浜みなとみらいの海沿いの道を歩く。娘の勤めた病院にも行く。そういうことができるようになった。娘が亡くなって、もうこれは絶対できないと思っていたことができるようになった。娘と二人でいると思うからだ。

食事の支度も時々だができるようになった。玄関先も鉢植えのお花でいっぱいにしている。人の中にも出て行けるようになった。

娘が生きていればボランティア大学にも行かなかっただろうし、要約筆記もやろうとは思わなかっただろう。自死遺族の会があることも知らなかった。整骨院がケーキ店の隣りにあることも知らなかった。知らなかったことばかりだ。今出会っている人たちは、娘が生きていれば決して出会わなかった人たちだろうが、この人たちからたくさんのことを教えていただいている。

わかちあいの会のスタッフさんたちのやさしさや自死遺族の深い悲苦を知り、ボランティア大学受講生たちの人の役に立とうとする向上心をすばらしいと思う。

娘の死によって私は自分の人間としての愚かさを思い知った。娘の私への深い愛を知った。娘には人さまに対してもやさしい愛があった。

七月六日（金）

アルバムの中にいつぱい満ちてゐる娘のやさしきやさしき笑顔

短歌については、今は荒々しい角ばった感情をぶつけて表現しているが、いつかはその悲しみが角の取れた穏やかな愛となり、歌となって表現できることを目指したい。

私には才能がない分、長い道を歩くことになるだろう。その道の途中にいろいろな花が咲いていて私を刺激し、慰めてくれるだろう。その花たちから得たことを心の糧として成長してゆこう。私の目指す道はまだまだ遠い。娘がその道を一緒に歩いてくれる。二人で「きれいな花だね、いい風が吹くね、あたたかいね」などと話しながら歩いてゆくのだ。そう思うだけで楽しくなる。娘と一緒なら何でも楽しい。ゴールは遠いけれど二人で歩いてゆけばいつかは到達できるだろう。

私がやらねばならぬことは、娘がどんなに努力して一生懸命に生きたかを正しく詠い残すことだ。素直で親孝行な娘だったことも。

海沿ひの道歩きつつ子と在りし幸せの時間反芻しをり

七月二十七日（金）

二〇一五年九月三十日、私の髪を切って柩に入れた。せめて髪だけでも一緒に行きたかった。娘はおかあさんの髪と一緒だと思って少しは安心してくれただろう。
切っておいた娘の足の爪と髪は私の柩に入れてもらう。一緒に旅立てば娘のいる所に連れて行ってくれるだろう。

我が切りて遺しし娘の足の爪髪の毛この世の形ある命

八月二十四日（金）

この夏は体調がよくない。思えば昨年の今頃はようやく歩けるようになった頃だ。まだ一年しか経っていない。私の場合は重い副作用が現れたので、体のどこかにはまだ薬の影響があるのかもしれない。
歩いて買物に行き、人さまの世話にはならず、自分のできることは自分でやろうという思いが強かった。娘の名を汚してはならぬ、娘の生きた証を残さねばならぬと思って生きて来た。

娘より愛されたるを誇りとしこれよりのちも生きてゆくべし

八月二十六日（日）

七時過ぎに買物に行くとき、娘が一緒に歩いてくれているような気がした。かつて、娘が土曜日の夕方帰宅し、日曜日の夕方早くに帰って行くときは、駅の改札口まで一緒に行った。娘は階段を下りるときに振り向いて手を振ってくれたが、今その姿が目に浮かぶ。私は陸橋に戻って娘がホームを歩いているのを見、電車が出発するまで見送ったが、もう手に入れることのできない幸せな時間だった。

駅までの道は幸せの道だった。一時期は悲嘆の道だったが、今はまた幸せの道になっている。二人で歩いた道はすべて幸せの道だ。周りの家や木々は私たちを覚えていてくれるだろう。辛く苦しいときは空を見上げて歩いた。娘の遺影と同じ笑顔が空のあちこちに見えた。今もそうだ。娘は空からも私を見守ってくれている。

　幻聴も幻視も起きよ亡き娘の声を聞きたし姿を見たし

八月二十七日（月）

本日霊園にて契約完了。私の法名は自分でつけた。死の決着を自分でつけたことになる。後見人さんにお墓の件の契約完了を伝えた。

　思ふほどの歌を詠へず言葉にはならぬ思ひにうちひしがれて

九月十九日（水）

私は自分の力で生きているのではない。娘の愛の力によって生かされている。それは真実だ。娘は医師として研究者として、最後の最後まで真心を尽くして生きた。それを尊敬し、誇りにも思っている。

　在りし日のままにしてをる子の部屋のベッドに秋の日が差し入りぬ

九月二十五日（火）

今日は娘の命日だ。丸三年が経ったことになる。

ご住職に私の法名を自分でつけたことを話すと、ルール違反ではないとのことで安心した。

墓誌に娘の法名を彫るときに私のも一緒に彫ってもらうことにした。銘板は死後でよいだろう。

子の逝きし九月二十五日　ああかの日も金木犀の香りてゐしや

十月二日（火）

わかちあいの会で市の精神保健福祉センターの方と久しぶりにお会いできた。この方には何度となく泣きながら電話をかけて、助けていただいたのでお礼を言うと「生きていてよかった」と涙ながらにおっしゃってくださった。それほど心配していてくださったのだ。いろいろな人が助けてくださったからこそ私は生きてこられた。

一人子を亡くしし我の手を取りて慰めてくるる情けに泣けり

十月十三日（土）

これからは、日々深まりゆく娘への思いを詠おう。それが私の務めだ。老い衰えて娘への思いがどう変化してゆくのか、どういう歌を詠えるようになるか、死とどう対峙するのか、自分の人生をどう振り返るのか、私の死によって絶える家への思いをどう表現できるのか。私の死によって、父母弟たちと娘を完全に死なせてしまうことになるが、それはどうしようもないことだ。

私は命尽きるまで生きねばならぬ。自死は家族への愛から逃げることになる。自分の罪からも逃げることになる。私は最後まで家族への感謝と愛を詠おう。

子の毛布布団も干してベランダは家族あるごとく賑やかになれり

二〇二〇年

三月十九日（木）

神奈川県要約筆記者認定試験に合格。新しい道が拓けた。日出美が生きた平成最後の年（平成三十一年度）の認定者になって嬉しい。合格を確信できるほどの勉強も練習もしなかったので、日出美が合格させてくれたのだろう。七十歳となった私への誕生日プレゼントだ。日出美の知らない七十代の私に新しい道もプレゼントしてくれた。

日出美ちゃん、合格させてくれてありがとう。あなたが一緒に生きてくれていることや、いつも応援してくれていることを実感することができました。おかあさんはほんとうに嬉しいです。新しい道も一緒に歩いてくれることでしょう。聴覚障がいの方々のお役に立てるよう頑張りますね。

要約筆記者認定試験合格す新しき道子と歩みゆかむ

二〇二三年

十一月十八日（土）

今朝、テレビドラマの台詞で「私は自分らしく生きる」と言ったのを聞いて、ハッと気づいた。日出美も自分らしく生きたのだと。日出美は私から医師になれと言われて医師になったのではない。研究者になりたいという娘に医師の道を提示したのは私だが、日出美自身が自分らしく生きるために医師の道を選んだのだ。

日出美が亡くなってから八年と二ヵ月あまり、私が医師の道を歩ませたばかりに、娘は自分の人生を生きることができなかったとずっと後悔し続けてきた。だが、今日、そうではなかったことに気づくことができた。いや、日出美が気づかせてくれたのだろう。自分で選んだ道だったからこそ、医学生時代から救命救急活動に熱心に取り組んだのだ。私が医師にさせ、私の理想の道を歩ませたというのはあまりにも思い上がった考え方だった。日出美に対して失礼だった。

娘は自分の人生を自分らしく生きた。自分のやりたいことをやって生きた。三十二年の生涯ではあったが、自分の命を生ききったのだ。
そして今、娘は私とともに二度目の人生を歩んでいる。娘は娘のやりたいことを、私は私のやりたいことをやりながら二人で生きてゆこう。

自死といふかたちなれども自（し）が生き方貫きとほして生ききりにけり

誇り高く生きし娘よ水仙の葉はまつすぐに空をのびゆく

子と二人ふたたび生きて行く道に野の花と木もれ日あそぶ風あれ

あとがき

娘が亡くなって八年二ヵ月が経ちました。

娘に自分の理想を押しつけ、孤独な研究に苦しんでいる娘を見殺しにしたとずっと苦しんできました。その自責の念から重いウツ状態となり、心身ともにさまざまな異変が起きて、一時期は歩くこともできなくなり、生きるか死ぬかと悩み続ける日々を送りました。

娘を亡くして一人きりになった私は、日記に自分の思いを書きつけて時間をやりすごすしか方法がなく、四時間も五時間も書き続けました。

『亡き子とともに生きる――自死遺族日記――』は二〇一五年八月十六日から二〇一八年十月十三日までに書いた五十六冊の日記から抽出した文を収めていますが、二〇二〇年三月十九日と二〇二三年十一月十八日の日記も付け加えました。

日記を書くことで娘の苦悩や自分自身の苦悩と向き合うことができましたし、気づくことも多くありました。文字にすることで、自分の今の思いや心の動きを確認していたとも言えるでしょう。

もうひとつ、私には若いころから詠み続けてきた短歌がありました。この短歌に娘の生きた証を詠み残すことが私の生きる目標となり、今に至っています。

また、自死遺族向けの電話相談でも生きることの意義を教えていただきました。相談員さんの中にはご自身が自死遺族である方もいらっしゃり、ご自分の体験や生きるヒントなどを話してくださいましたので、どれほど勇気づけられたか分かりません。ありがたいことでした。

今年、二〇二三年十一月十八日の朝まで「私が娘の人生を奪った、娘のやりたいことをやらせていれば今でも生きていたのではないか、私のせいで娘は亡くなったのだ」と思い続けていました。

しかし、この日の朝のテレビドラマの台詞「私は自分らしく生きる」が、天啓のように「娘は自分らしく懸命に生きた」と教えてくれました。いつまでも泣き嘆いている私を気遣って娘がそう教えてくれたのではないでしょうか。

娘は自死というかたちでこの世を去りましたが、自分の命を使い果たしての死だったと思っています。自分の命をふり絞って研究に打ち込み、最後まで悪性高熱症の患者さんを救うための灯火をともし続けました。

私的な思いを書き留めたものではありますが、自死遺族の方々にお目を通していただき、悲しみの日々を過ごしていらっしゃる中でも、ほんの少し、希望を見つけるヒントになればと願って出版しました。

文中に記している相談員さんのお言葉が、そのままご遺族の方々のお心に届きますように祈っています。

*

日出美ちゃん。

あなたと会えなくなって八年あまりの時が過ぎ去りましたが、おかあさんにはすべてが昨日のことのように感じられます。これまで多くの人々に支えられながら生きてきましたが、あなたがずっと傍にいてくれたからいろいろな苦しみにも耐えることができました。ほんとうにありがとう。

おかあさんはあるわかちあいの会でボランティアスタッフとして活動していますが、そちらで宗教学者として著名な島薗進先生にお目にかかることができました。

島薗先生は自死遺族に対しても深いご理解をお示しなので、厚かましいとは思いながらもあなたの『はりりんの歌』を差し上げることにしました。

しばらくして先生からお手紙が届きました。「『はりりんの歌』からは、たいへんまじめで心やさしい日出美さんの姿が浮かんでまいります。私も元気な日出美さんにお目にかかりたかったと思います。」と記してくださいました。おかあさんはほんとうに嬉しくて涙ぐんでしまいましたが、あなたも先生にお会いしたいと思ったことでしょう。

島薗先生は『亡き子とともに生きる――自死遺族日記――』の原稿にも快くお目を通してくださいました。そして「心揺さぶられる箇所が多く、多くの方々が慰められ、また励まされるような内容が含まれていると思います」と評してくださいました。身に余るお言葉です。先生にお目にかかれたのも自死遺族の方々のお役に立ちたいという一心から叶ったことでしょう。ボランティアスタッフをしていなければお会いする機会もなかったでしょうから、このご縁をありがたく思っています。

日出美ちゃん、おかあさんはようやく「日出美は日出美らしく一生懸命に生きた」と思うことができるようになりました。人さまの命を救いたくて医師になり、悪性高熱症の患者さんの命も救いたくて、研究に命がけで取り組んだ信念の人だったと気づきました。おかあさんが思っていたような親の言いなりになった娘ではなかったことが分かり、何だかほっとしています。日出美ちゃんのこと、何も分かっていなかったね。ごめんね。

おかあさんもあなたを見習って、私も私らしく生きるために自分のやりたいことをやろう、そのために、日出美ちゃん、おじいちゃん、おばあちゃん、おじちゃんたちの生きた証となる歌を詠みつづけようと決心しました。

一人生きているおかあさんの中に、家族みんなの命があります。おばあちゃんとおかあさんと日出美ちゃんは、笑うと頬に縦長のえくぼができます。おじいちゃんとおかあさんの腕の組み方は同じです。みんながおかあさんの中で生きて、おかあさんを守ってくれています。だから、みんなと一緒に一日でも長くこの家で暮らしていけるように頑張るので、それぞれがやりたいことをやりながら一緒に生きてゆきましょうね。

では、またお手紙書きますね。

二〇二三年十二月三日

母より

日出美ちゃん。
あなたがお世話になった生理学教授から嬉しいお手紙が届きました。あなたが作成したｉＰＳ細胞をＲ研究所で管理して、世界中の研究者が使えるようにする予定でいらっしゃるそうです。

あなたのｉＰＳ細胞が生きていたとは思ってもいなかったのでほんとうに驚きましたし、こんな幸せなことはないと思いました。あなたが亡くなって八年あまり経ちましたが、その間教授のご指示のもと、研究室の方々が管理していてくださったのでしょうね。ありがたいことです。このｉＰＳ細胞を日出美ちゃんの子どもだと思うことにしました。あなたが命がけで作成した細胞が命を継いでくれたのです。

いつかこの細胞を使って悪性高熱症を解明してくださる方が現れることを期待しましょう。その願いが実現すれば二人でお祝いしましょうね。そんな幸せな日が来ることを楽しみにしています。そう言えば研究に取り組みはじめたころ「この研究は熱中症の研究にも役立つかもしれない」と言っていましたね。今思い出しました。

日出美ちゃん、いつもおかあさんに希望を与えてくれてありがとう。

二〇二四年二月一日

母より

最後になりましたが、短歌研究社編集部の菊池さま、関根さまにはたいへんお世話になりました。心より御礼申し上げます。

針馬日出美略歴

1983年　　　埼玉県に生まれる
2002年3月　桜蔭学園高等学校卒業
2008年3月　慶應義塾大学医学部卒業
2015年4月　麻酔科専門医認定
　　　9月　慶應義塾大学大学院医学研究科博士課程2年にて死去
　　　12月　平成27年度より「Research Resident Day最優秀賞」が「針馬日出美賞」と命名された（慶應義塾大学医学部麻酔学教室）
　　　　　『疾患特異的iPS細胞を用いた悪性高熱症の発症機構の解明と新規診断法・治療法の開発』により、平成27年度「Research Resident Day特別賞」を受賞
2016年3月　歌集『針馬日出美全歌集』（仰木奈那子編集）
　　　4月　桜蔭学園図書室に針馬日出美文庫設置
2022年6月　歌文集『はりりんの歌』（仰木奈那子編集）

仰木奈那子略歴

本名　針馬ナナ子
1950年　　　熊本県に生まれる
1981年3月　東洋大学卒業
2020年3月　神奈川県要約筆記者認定
　　　　　現在は神奈川県内の自死遺族の集い（わかちあいの会）スタッフを務めながら講演活動にも取り組んでいる
　　　　　（自助グループ自死遺族すまいる所属）

歌集　『まぼろしの花』『薔薇伝説』『仮想現実』
　　　『風になりたか―家族回帰―』
　　　『◆◆◆◆◆恋蛍◆◆◆◆◆短歌に詠む源氏物語』『一人娘と母の歌集』
　　　『日出美ちゃんごめんねありがたうね』
　　　『日出美ちゃんの青空』

検印
省略

二〇二四年六月十一日　印刷発行

亡き子とともに生きる
——自死遺族日記——

定価　本体一五〇〇円（税別）

著者　仰木奈那子（おおぎななこ）

発行者　國兼秀二
発行社　短歌研究社
郵便番号一一二—〇〇一三
東京都文京区音羽一—一七—一四　音羽ＹＫビル
電話〇三（三九四四）四八二二・四八三三
振替〇〇一九〇—九—二四三七五番
印刷・製本　モリモト印刷株式会社

ISBN 978-4-86272-774-9 C0095 ¥1500E